카이로스의 시간을 위하여

카이로스의 시간을 위하여

초판발행일 | 2022년 7월 18일

지은이 | 강용준
펴낸곳 | 도서출판 황금알
펴낸이 | 金永馥

주간 | 김영탁
편집실장 | 조경숙
인쇄제작 | 칼라박스
주소 | 03088 서울시 종로구 이화장2길 29-3, 104호(동숭동)
전화 | 02) 2275-9171
팩스 | 02) 2275-9172
이메일 | tibet21@hanmail.net
홈페이지 | http://goldegg21.com
출판등록 | 2003년 03월 26일 (제300-2003-230호)

강용준 문화예술 칼럼집

카이로스의 시간을 위하여

황금알

예술정원을 거닐며 얻은 예지

내가 인터넷상에 블로그를 처음 시작할 때는 카카오톡이나 페이스북, 인스타그램 같은 SNS도 그리 성행되지 않은 시절이었다. 10여 년을 훌쩍 뛰어넘은 지금은 스마트폰이 소통에 필수품이 되면서 블로그를 애용하는 사람은 그리 많지 않은 것 같다.

단편적이고 즉흥적, 즉물적인 사고로 소통하는 시대 풍조에는 맞지 않은 것인가? 미련스럽게 기록에 집착하다 보니 460여 편의 글이 남았다.

블로그에 쓴 글들은 예술 현장을 거닐며 얻은 예지의 산물이다. 각종 신문이나 문학잡지에 게재했거나 세미나, 토론회 등에서 발제했던 글들을 시대를 살아간 흔적으로 모아놓았다. 다음 블로그 〈예술정원JOON〉에서 시의와 관계없이 많이 찾는 글 40편을 뽑아 책으로 묶는다. SNS를 하지 않는다거나 블로그에 들어와도 찾기 어렵다는 주변의 부추김에 부화뇌동해서다.

살아가면서 느끼는 생각(오솔길에서의 명상), 문화예술 정책에 대한 제언(문화 숲에 이는 바람), 문학의 현상과 본질에 대한 고민(문학의 옹달샘), 연극 현장에서 느낀 소회(희곡, 연극 그리고 인생) 등 네 부분으로 나누었다.

　작가는 작품을 통해 자신의 생각을 드러내고 세상에 대해 목소리를 높이지만, 작품으로 드러낼 수 없는 부분들이 더 많다. 때로는 직설적일 때 강력한 효과를 드러내기도 한다. 글을 쓸 때마다 내 글의 효용 가치를 생각한다. 누구한테는 쓸데없는 소리고 누구한테는 뼈 때리는 말일지라도 당대의 문화 현상을 보면서 느끼고 생각한 것을 기록해 두는 것도 작가의 책무라고 생각한다.

　지역 문화환경이 좀 더 나아지기를, 예술을 사랑하는 사람들의 퍽퍽한 삶에 조금은 위안이 될 수 있기를 기대한다.

2021년 7월
제주문학관에서 강용준

차 례

오솔길에서의 명상

문화 숲에 이는 바람

문학의 옹달샘

희곡, 연극 그리고 인생

오솔길에서의 명상

카이로스의 시간을 위하여

그리스 신화에 보면 시간의 신에 대한 이야기가 있다.

그리스 신들은 3기로 나눈다. 천지창조 전 혼돈의 시대 신들이 원초적 신들이다.

그중 땅을 지배하는 신은 가이아였다. 여신인 가이아가 하늘을 이미지화한 신 우라노스를 만나 12신을 낳는데 이들을 티탄 신족이라 부르며 2기에 속한다.

그런데 우라노스는 자식들 중에 자신의 지배력을 **빼앗는** 신이 나올 거라는 예언을 믿고 자식을 낳으면 가이아의 자궁에 가두었다. 땅의 자궁이니 아마도 이는 캄캄한 동굴이었을 것이다.

이에 화가 난 가이아는 그의 아들 크로노스에게 칼을 주며 아버지의 성기를 자르라고 명령했다. 크로노스는 어머니의 명령대로 숨어서 기다리다가 우라노스가 가이아와 잠자리를 하려는 순간 그의 성기를 잘라버린다. 이에 하늘과 땅이 구분되어 천지개벽이 되었다.

우라노스는 지배력을 상실했고 크로노스가 신들의 우두머리가 되는데 이때부터 세상은 시간의 지배를 받게 되었다고 한다.

크로노스가 절대적 시간의 신이 된 것이다. 크로노스는 누이 레아와 결혼하여 자식을 낳는다.

이들은 올림포스 12신이 된다.

그런데 가이아는 크로노스에게 부친과 똑같은 운명에 처할 것이라는 예언을 한다.

자신의 절대적인 지배력을 잃고 싶지 않은 크로노스는 자식들을 낳는 대로 집어 삼켜버리고 만다. 시간은 세상 모든 것을 집어삼킨다는 의미이다.

이에 레아는 막내 제우스가 태어나자 아기 대신 돌을 강보에 쌓아 크로노스에게 주자 그는 믿고서 단번에 삼켜버렸다. 그래서 살아난 제우스는 성장하여 크로노스를 죽이고 배 안에 있는 형제들을 구출하여 신들의 우두머리가 된다.

크로노스를 죽임으로써 올림포스 신들은 불멸의 시간을 살게 되었다. 그러나 인간에겐 반드시 죽어야 하는 필멸의 시간이 여전히 존재하였다. 이 시간은 누구도 거부할 수 없고 누구에게나 똑같이 주어진 시간이다. 이로부터 생명이 있는 것은 태어나면서 늙고 죽게 되는 운명을 안고 살게 되었다.

제우스의 아들 중에 카이로스라는 신이 있었는데 그는 인간들이 처한 처지를 보고 안타깝게 생각했는지 자신을 알아보고 붙잡는 인간한테만 기회를 주기로 했다.

즉 절대적인 시간의 허무에서 벗어나 상대적으로 시간을

늘릴 수 있게 한 것이다.

그런데 그의 모습은 기묘하게 생겼다. 앞머리와 옆머리는 길지만 뒷머리는 대머리였다. 인간에게 항시 나타나지만 함부로 알아볼 수도 없고, 아는 자는 쉽게 붙잡을 수 있도록 했다. 지나치고 나면 붙잡을 수 없다는 뜻이다.

그는 오른손에 칼을 쥐고 왼손에는 저울을 들었다. 그리고 양발에는 날개가 달렸다. 정확하고 빠르게 판단을 하고 결단을 내리지 않으면 순간적으로 날아가 버린다는 뜻이다. 이 '카이로스(기회)'를 붙잡은 자는 절대적인 시간 속에서 영원한 자유를 즐길 수 있다. 그걸 카이로스의 시간이라고 한다.

카이로스의 시간을 느낄 수 있는 대표적인 것이 '사랑'과 '예술'이다.

사랑하는 사람과의 시간은 길어도 언제나 짧다. 그리고 그런 시간을 추억이라는 이름으로 자주 재생하며 아쉬워한다. 황진이가 '동짓달 기나긴 밤 한 허리 베여 내고 싶은' 그 시간이다.

영국과 유럽을 잇는 해저터널이 완공되자 어느 여행사가 '런던에서 파리를 가장 빨리 갈 수 있는 방법'에 대한 아이디어 공모를 했다. 당선작은 테제베도 비행기도 아닌 '사랑하는 사람과 함께 가는 것'이라는 응모작이 뽑혔다. 늘 마음속에 사랑을 품고 사는 사람은 항상 카이로스와 함께하는 사람이다. 그가 있는 곳이 천국이고 무한한 시간을 사는 사람이다.

창작을 위해서 예술인이 겪는 어려움과 고통도, 종교 속에서 구원을 얻는 것도 다 카이로스와 함께하는 시간이다. 지난한 어려움의 과정을 거쳐 남는 예술품은 시공간을 뛰어넘어 많은 사람에게 카이로스의 시간을 함께하게 한다.

카이로스의 시간을 함께하는 게 비단 사랑과 예술뿐이겠는가? 자신의 일에 즐거움을 가지고 행복을 느끼면 그들은 시간을 즐길 줄 아는 사람들이다.

다가오는 새해에는 무엇을 즐길 것인가 생각하자.

시간이 빠르다고 한탄하지 말고 주어진 시간을 철저하게 즐기자. 그래서 새해에도 카이로스와 함께하기를….

자발적 유배에서 자유를 찾다

나는 매년 자유를 찾아 창작여행을 떠난다. 남들에게는 자유를 찾아 떠난다고 말하지만 실은 자발적인 유배이다.

나를 외부로부터 차단하고 가둬 놓아야 비로소 작품에 몰입할 수 있다. 그 시간은 번잡한 세사에서 벗어나 내 자신을 오롯이 창작의 신에게 바치는 번제의 시간이며, 카이로스를 붙잡는 기회의 시간이다.

레지던시 창작실을 찾아다니면서 늘 느끼는 것은 자신을 가두어야 비로소 자유로운 상상의 세계를 얻을 수 있다는 아이러니다. 마치 승려들이 안거기간 외출을 금하고 좌선하며 수행하듯, 난 글을 쓰기 위하여 창작 집필실을 찾는다.

흔히 운문은 발로 쓰고 산문은 엉덩이로 쓴다는 말이 있다. 의자에 앉아야만 글이 되는데, 집안에 서재가 있어도 간섭을 받거나 참견할 일이 왜 그리 많은지 집중할 수 없어서 글의 진도가 더디다. 그러나 집필실에 다녀오면 결과물들이 생기니 겨우내 작품을 구상하고 봄이 오기를 기다린다. 일 년 중 가장 큰 글 농사를 나는 이 기간에 짓고 있다.

많게는 4개월에서 적게는 2개월 반 정도의 기간이다. 이

기간은 내가 정하는 것이 아니라 집필실 운영규정에 따라 정해진다.

그렇다고 가고 싶다고 언제나 원하는 곳에 갈 수 있는 건 아니다. 신청자가 많으니 심의를 거쳐야 하고 선정되더라도 기간은 협의를 해야 한다. 운이 좋게도 나는 매년 이런 기회를 얻을 수 있었다.

생업을 조퇴하고 이런 창작 집필실을 찾아 유랑한 지도 십 년째다.

그간 다녀온 곳도 인제 만해마을, 마라도 창작스튜디오, 원주 토지문화관, 이천 부악문원, 증평 21세기문학관 등인데 만해마을을 제외하곤 두 번 이상씩 찾았다.

등단한 지 20여 년에 겨우 4권의 작품집을 냈었는데, 전업을 선언하고 집필실을 찾아다니며 7년 동안 한 권의 희곡집과 네 권의 장·단편 소설집을 내고, 1년 동안 인터넷 신문에 웹소설을 연재했다. 오롯이 문학 집필 공간의 덕이다.

그런데 그 집필 공간이 근래에 와서 많이 사라지고 있는 것은 안타까운 일이다. 이미 마라도 창작스튜디오, 만해마을, 21세기문학관, 청송문학관 집필 공간이 운영이 중지되거나 사라졌다.

사라진 이유는 저마다 사정이 다르겠지만 예전의 지원 금액보다 대폭 감액 지원되면서 적자의 폭을 감당하지 못해 자진 폐쇄한 곳도 있다.

현재의 집필공간도 지원 금액이 턱없이 부족해서 유휴 공

간은 있는데도 몰려드는 작가 등을 유치하지 못하거나, 마련
해 놓은 문학 프로그램을 수행하지 못하기도 하고, 인건비
등 일반운영비가 부족해서 애로를 겪고 있다고 들었다.

창작집필실을 효율적으로 운영하기 위해서는 입주 작가를
활용한 프로그램을 마련할 필요가 있다. 가령 그곳 주민들과
작가들이 함께 어울리며 문학 담론을 펼치거나 문학에 대한
향유욕, 창작욕을 고취하고 전파할 수 있는 프로그램을 운영
한다든지, 입주 작가들이 입주 기간에 쓴 창작물 일부를 연
말에 무크지나 앤솔로지로 묶어서 결과물들을 소중한 자료
로 보급하는 것도 하나의 예일 수 있다.

이런 것들이 연말에 창작집필실의 성과를 평가하는 자료
로 이용될 수 있다. 레지던시 문학집필공간에 대한 효용가치
를 극대화하기 위해서 지원금이 확대되어야 할 이유이기도
하다.

최근에 지어진 최신 설비의 쾌적한 집필 공간이 폐쇄된 것
은 매우 안타깝다. 어떤 곳은 입주 작가들의 음식 문제나 환
경 개선 등 무모한 요구 때문에 관리하는 측과의 불화가 있
어서 폐쇄했다는 소식도 들었다. 국민의 세금을 지원받아 운
영하기 때문에 입주 작가의 요구는 당연한 권리라고 생각하
는데 실상은 그렇지 않다.

레지던시 사업은 국가 지원금만으로 이루어지는 게 아
니다. 지원금보다 더 중요한 요건은 운영 주체의 인적 물적
기여와 협찬, 문학 발전을 위한 헌신 봉사의 진심과 성의다.

집필실에 있다 보면 각양각색의 사람들을 만난다.

세대도 20대에서 70대까지, 장르도 다양하나 지나치게 이기적인 사람들이 늘 문제를 일으킨다. 공동체의 규범에 익숙해 있지 않은 사람들 중에는 심지어 집에서 키우던 애완동물을 집필실로 데려 오는 경우도 있고, 이성 작가들에게 추근대며 물의를 일으키거나, 마을 길 남의 집 담장 밖으로 흐드러지게 맺힌 열매를 따다가 술 담그는 사람도 있었다.

내가 전업작가를 선언한 이후 발간한 책들에는 이천의 부악문원을 거치면서 쓴 작품들이 많다. 내가 부악문원을 자주 찾는 이유는 입주 작가 대부분이 소설을 쓰는 작가들이어서 각종 정보 교류나 집필 작업을 하는 데 많은 도움이 되기 때문이다.

경기도 이천시 마장면 장암리에 위치한 창작집필실은 부아악산(負兒岳山-아이를 업은 산)의 자락에 있다고 해서 부악문원이라 명명했다고 한다. 도심에서 멀리 떨어져 있어 고즈넉하고 창작의 기운이 넘쳐나는 곳이다.

이곳은 소설가 이문열 선생이 인문학의 인재를 양성하기 위해 1998년 1월 사재로 설립한 현대식 서원(書院)이다. 시설은 대지 4628㎡(1400평)에 본관, 사저, 도서실, 강당, 세미나실, 식당, 휴게실 등이 있다.

본관에는 13개의 방이 마련되어 있으며, 매년 1월 전국문인들을 대상으로 입주 작가들을 공개 모집하고, 신청이 많은 경우에 한하여 이들을 심사하여 최장 4개월까지 입주를 허용한다.

1999년부터 국내외 문인이나 예술인들에게 창작집필실을 개방해 왔으며, 2003년부터 입주를 원하는 작가들의 신청을 받아 공식적으로 개방해 왔다.

선정된 입주 작가에게는 하루 세 끼 식사와 개인작업실이 무료로 제공되는데, 조리사 아줌마의 손맛이 뛰어나 주변 음식점에서 사 먹는 것보다 맛있다.

일주일에 한 번 이문열 선생님과 커피 타임을 갖기도 하는데, 선생님이 직접 원두를 갈아 내려주는 커피 향기도 그윽하지만, 문학 야사에서부터 세계의 역사와 철학, 인문학까지 해박한 지식으로 귀중한 강의가 이어져 많은 정보를 얻을 수 있는 기회가 된다. 강당에는 탁구대가 마련되어 있어 앉아서 생활하는 작가들의 체력단련에도 일조를 한다.

주변에 설봉산이 있는데 부악문원에서 등산로를 따라 백운봉, 청운봉, 부학봉을 거쳐 정상에 오르는데 소요되는 시간은 왕복 2시간 정도다.

정상에 오르면 아래로 설봉호수가 보이고 멀리 호법평야가 보인다. 정상에 오르기 버거우면 약수터 코스를 이용하기도 하고, 문원 뒤 야산에 오르거나, 언덕을 넘어 사기막골 체력단련장까지 왕복하는 것도 90분 정도면 충분하다.

요즘에는 문원 아래에 인기 있는 카페가 생겨 그 주변을 여러 번 왕복해도 좋다.

입주 작가들은 정해진 식사 시간을 제외하곤 스스로의 시간 계획에 의하여 활동한다. 작가들 중에는 초기 창작교실에 참가하여 문단에 등단하고, 능력을 인정받아 쟁쟁한 문학상을 수상한 중견 작가들도 있고, 청운의 뜻을 품고 소설 공부를 하는 신진 작가들도 있다. 취향이 다르고 관심 분야가 다르지만, 동업자라는 가족적인 분위기 속에서 정보를 교류하면서 작품 창작을 위하여 자기와의 싸움에 분투한다.

외롭고 고된 길을 걷는 작가들이 있어 부악문원은 밤에도 불이 꺼지지 않는다. 그런 글쓰기에 천착 매진하는 작가들을 보면 눅진한 내 글쓰기에 자극제가 된다.

창작집필실은 많은 문인, 예술가들과의 인연을 만드는 교류의 장이고 창작의 트랜드와 문단에 대한 새로운 정보를 얻는 좋은 기회의 장이다.

자유로움 속에서 무한 상상력이 펼쳐지는 시간이기에 난, 이 창작 여행을 멈출 수 없다.

* 한국문화예술위원회 〈2019년 문학집필공간 운영지원사업〉에 게재

맛있는 작품에는 이유가 있다

언젠가 TV에서 사람들이 줄지어 찾는 빵집을 소개하는 프로그램을 본 적이 았다. 제빵의 달인이 맛있는 빵을 만들어 내는 과정을 보는 내내 문학작품을 만들어 내는 자신과 비교하게 되었다.

독자에게 사랑받는 작품을 만들어 내지 못하는 이유를 문학을 시작한 지 몇십 년 세월이 지나서야 깨닫게 되었으니 참으로 부끄러운 일이다.

맛있는 빵, 손님들이 줄지어 찾는 빵에는 달인만의 노하우가 있었다. 재료 선택과 반죽 숙성의 기술은 하루아침에 터득되는 것이 아니었다. 밤잠을 설치며 반죽을 하고 온도를 재고 남모르는 노력과 끝없는 시행착오를 거치고야 맛있는 빵이 만들어졌다.

손님들의 기호와 입맛의 변화에 맞는 새로운 빵을 만들기 위해 끊임없이 연구했고, 우물 안 개구리가 되지 않기 위해서 손님이 많이 찾는 다른 빵집의 빵에 대해 분석을 했다.

손님들에게 한번 신뢰를 얻게 되면 새로운 제품에도 늘 손님이 몰렸다. 제빵 기능 자격증을 얻었다고 누구나 맛있는 빵을 만들 수 있는 것도 아니고, 한 번 맛있는 빵을 만들었다고 손님 입맛이 변하지 않는 것도 아니다.

유능한 달인에게 같은 수업을 받았다고 해서 똑같이 맛있고 인기 있는 음식을 만들어 낼 수 있는 것이 아니란 사실은 속칭 먹방에서도 확인할 수 있는 일이다.

남의 빵이 왜 맛있는지에 대한 분별력을 키운 다음에야 자신만의 고유한 빵을 만들 수 있다는 것도 알았다. 제빵사가 된 이후에도 자기만의 정체성을 가지지 못하면 특별할 게 없는 슈퍼에 널린 패스트푸드 빵이 되어 곧 사람들 관심에서 멀어진다.

빵집 열었다고 언론에 홍보도 하고 주변에 빵도 돌리지만 고객들은 냉정하다. 축하한다, 맛있다고 칭찬하지만 정말 구미가 당기지 않으면 발길을 돌린다. 그래서 동네마다 손님이 몰리는 빵집이 있다면 그것은 제빵사가 남다른 노력으로 맛있는 빵을 만들기 때문이라는 것도 알았다. 달인은 어느 날 반짝하고 나타나는 게 아니고 꾸준히 연구한다.

이에 비해 우리 문학인들은 어떤가? 물론 창작 기술이 히루아침에 습득되는 것은 아니다. 끝없이 습작하고 시행착오를 거치며 다시 쓰고 고친다. 고전으로 남아 있는 동서양의 작품들을 섭렵하면서 기초를 탄탄히 다지고, 인기 있는 작가의 작품을 읽고 분석하면서 문학의 트랜드를 익혀야 비로소 문학의 흐름과 독자들의 기호를 이해하게 된다.

빵이 음식의 대유라면 예술을 대표하는 문학은 마음의 양식이라고 한다.

창작집을 낼 때마다 히트를 치는 유명 작가들은 그들이 이미 천재여서가 아니라 꾸준한 분투 노력을 통하여 자신만의 창의적인 노하우로 독자들의 기대를 만족시키기 때문이다. 물론 독자들의 기호만 좇을 수는 없지만 흐름을 알지 못하면 시대에 뒤떨어진 구태의연한 작품을 쓰게 되고 결국 독자들의 시선에서 멀어진다는 것도 깨달았다.

요즘처럼 문학잡지사가 양산해낸 문인들이 많은 시대에 작품집 한두 권 냈다고, 심지어 개인 창작집 한 권 없는 사람들이 자기 이름 앞에 시인, 수필가를 붙인다고 다 문인일까?

맛있는 작품을 만들지 못하는 나 홀로 문인들이 많다. 문제는 이들이 다른 작가들의 작품을 읽지 않는 데도 있다. 기존 문인들의 작품을 외면 또는 방관하기 때문에 문인들이 많이 불어났으면서도 서점에선 책이 팔리지 않는다. 문학적 소양과 기본이 부족한데도 덜 익은 작품을 묶어 책을 만들기 때문에 독자들이 외면한다.

빈곤의 악순환이 문학의 위기를 만든다. 빵집의 성패는 생존에 관한 문제지만 문학을 생존의 이유로 생각하는 문인들이 얼마나 될까?

오늘도 맛있는 작품 창작을 위해 고뇌하고 사유하는 문인들의 열정이 있기에 문학이 겨우 명맥을 유지하는 건 아닐까.

* 「제주시론」(제주신보. 2016년 5월 30일 자) 게재

내려놓아라

한동안 나라의 총리나 장관 등 고위공직 후보자의 검증을 위한 국회 인사청문회를 보면서 처세에 대한 여러 가지 생각을 하게 됐다. 임진왜란을 승리로 이끈 조선 선조 때의 정승 유성룡은 기득권자들의 모함을 받아 삭탈관직당해 낙향하는데 먹을 것이 없어 굶을 정도로 청빈했다고 한다.

헌데 청문회에 나온 대부분의 인사들이 위장전입에 다운계약서 작성, 논문 표절 등 사익을 위해 온갖 죄악을 서슴지 않고 저질렀다. 그게 당시의 관행이었다는 그들의 변명이 더 가소롭다.

관행이라는 게 뭔가? 남들도 도둑질을 했으니 그까짓 거 범죄도 아니라는 뜻이다.

그렇게 못한 사람이 바보란 말 아닌가. 그런 인사를 적격자라고 추천한 사람이나 옹호하는 국회의원들은 어떤가? 털어서 먼지 안 나는 사람 없다고 항변하는 꼴이다.

후보자를 몰아세우는 청문위원들도 그 자리에 세우면 '도긴개긴'이라는 우스갯소리도 들린다.

남들과 같은 사람이 명령을 내리면 영이 서겠는가? 명예욕과 금욕은 모든 악의 원천이라는 독일 속담이 있다. 남 앞에 나서려는 사람은 특히 금욕(禁慾)에 있어서 자기 관리가 철저하지 않으면 한순간에 망신을 당하게 된다.

불가에서 속인이 출가를 하려면 모든 것을 내려놓아야 한다. 이를 흔히 방하착(放下着)이라 한다. 마음속에 있는 집착, 번뇌, 욕망, 원망, 의심 따위를 벗어 던지라는 뜻이다.

여기서 착(着)이란 세상에 나서 얻은 것이지만 저승으로 가지고 갈 수 없는 재물이나, 명예, 권력, 지식에 대한 탐욕이나 오욕칠정을 비롯한 유무형의 가치를 의미한다.

어느 날 한 스님이 탁발을 위해 산길을 내려오는데 비탈 아래서 '사람 살려요'라는 소리를 들었다. 급히 다가서서 보니 한 맹인이 나뭇가지를 붙들고 매달린 채 구원을 요청하는 것 아닌가.

스님은 가만히 상황을 살피고는 잡은 것을 놓으라고 했다. 그 말을 들은 맹인은 살려 달라고 했더니 날 죽일 셈이요, 하고 화를 냈다. 그러나 스님은 그 나뭇가지를 놓아야 살 수 있다고 했다. 맹인은 자신을 죽이려 한다고 말을 듣지 않고 한참을 매달려 있다가 힘에 부쳐 잡은 것을 놓게 되었는데, 천길 낭떠러진 줄 알았던 아래가 겨우 사람의 키 정도였다.

처음부터 스님의 말을 들었으면 고생도 않고 사뿐하게 착지할 수 있었겠지만, 아집 때문에 피가 마르게 스트레스받고 엉덩방아를 찧고 다치게 된 것이다. 한번 잡은 것을 내려놓기가 어렵다.

말 고삐를 잡으면 말을 타고 싶고, 말을 타면 하인을 부리고 싶은 게 인간의 욕심이다.

미국의 심리학자 매슬로우는 인간의 욕구를 5단계로 나누고 자아실현을 최상위 단계로, 남에게 존중받고 싶어하는 존경의 욕구를 4단계라고 했다.

인간은 자신의 가치에 대한 높은 수준의 존중감을 형성하고 싶어 한다는 것이다.

근래에 시인 수필가가 많이 쏟아져 나오는 것도 문학의 궁극적 목적 실현보다 타인에게 존중받고 싶어하는 경향의 사람들이 많기 때문이 아닐까.

열등감이 많은 사람일수록 보상 욕구가 강해서 감투를 좋아한다. 그래서 능력 있는 사람과 친하려 줄을 대고 호가호위한다.

감투를 쓰면 업적을 남기기 위해서 또는 사욕을 위해서 무리수를 두고 결국 피해는 고스란히 구성원의 몫이 된다.

역대 대통령들도 그랬다. 지혜로운 사람, 진정 존경받는 사람들은 겸손하고 늘 자신을 경계하여 남 앞에 나서길 꺼린다. 내려놓을 줄 아는 사람만이 성공한 지도자가 될 수 있다.

＊「제주논단」(제주일보, 2015년 3월 23일자) 게재

문학인들의 호와 필명

며칠 전 아는 후배 문인으로부터 연하장을 받았는데, 말미에 '청계 김○○ 근배'라고 적혀 있었다. 예전에는 이름만 썼었는데, 아마 누군가로부터 호를 받아서 그것을 자랑하고 싶었던 모양이나 이는 경우에 맞지 않은 쓰임이다.

요즘 일부 문인들 사이에 작품을 발표하면서 본명 앞에 호를 붙여 쓰는 경우를 가끔 본다.

보는 사람에 따라 일가를 이룬 대가인 것처럼 예스럽기도 하고 멋있어 보이지만, 실상 이는 호(號)의 쓰임에 어긋나는 경우다.

호(號)란 본이름을 피하는 풍속에서 나온 것이고 이는 삼국시대 이래로 계속 사용되어 왔다.

호는 대부분 후학이나 아래 사람들이 상대를 존경하여 이름을 함부로 부르지 않는 데서 연유했다고 볼 수 있고, 또한 사대부 양반들이 교류를 하면서 자신의 이름보다 호를 쓰는 것이 다른 사람들에 대한 예의라고 여겼다.

국어사전에 의하면 호는 "본 이름이나 자 외에 허물없이 쓰기 위하여 지은 이름. 별호(別號)"라고 되어 있다.

사람이 태어나서 부모에게 받는 이름을 명(名), 자라서 성인 의식을 치를 때 받는 이름을 자(字), 자신의 의지나 취향을 나타내어 사회적으로 알리기 위한 것을 자호(字號), 집을 나타내는 이름으로 대신하는 것을 택호(宅號), 또는 당호(堂號)라 하고, 사후에 공덕이 있는 사람에게 나라에서 내려주는 이름을 시호(諡號), 존경하는 스승이나 친한 벗들이 지어주고 부르는 것을 아호(雅號)라고 한다.

이름은 보통 태어나면서 부모가 붙여준 것이고 본인보다 대부분 윗사람들이 아랫사람을 부를 때 사용하는 것이니까, 아랫사람들이 윗사람의 이름을 함부로 부르는 것이 예의에 어긋난다고 생각했던 모양이다.

그래서 옛사람은 이름 대신 자(字)와 호(號)를 썼다. 자(字)는 성인식을 치러 관(冠)을 상징하는 것으로서 머리를, 호는 입을 상징한다고 한다.

사람은 갓으로서 성년을 상징하고 입으로써 인격체임을 나타낸다는 뜻이다. 호(號)의 글자를 보면 '범이 입을 벌리고 큰소리로 부르짖는다'는 뜻이 있는 '범이 울 호'에서 나온 글자로 범이 우렁찬 목소리로 포효하듯이 '외쳐 부르다'는 뜻을 가졌다.

호는 청룡(靑龍)과 대비되는 개념으로 백호(白虎)를 나타내는데, 방위로서는 '서쪽', 계절로는 오곡백과가 열매를 맺는 '가을'에 해당한다.

이 때문에 호는 봄·여름에 부지런히 갈고 닦아 가을이 되

면 세상에 내놓고 널리 쓰인다고 해서 일가를 이룬 사람들이
주로 사용했다.

호를 부를 때는 '춘원', '춘원 선생' 등으로 쓰인다. 그리고
자신이 작품들을 써서 드러낼 때는 '춘원 이광수', '만해 한용
운'하고 이름과 호를 같이 쓰는 일은 없다. 그냥 '春園(춘원)
씀', '萬海(만해)'라고 쓴다.

호는 스승이나 윗사람에게서 받는 것이 보통이고, 지향하
는 것, 좋아하는 물건 등을 의미하는 것으로 자신이 만들어
쓰기도 한다. 자신이 호를 쓸 때는 성에 호를 붙여 아예 필명
으로 사용(예: 이육사(원록), 이율곡(이), 김소월(정식))하기도 하
지만, 미당(서정주), 청마(유치환)처럼 호만 따로 쓰는 게 원칙
이다.

호는 겸손과 예의를 나타내는 것으로 자신이 쓰기도 하지
만 주로 남이 불러주는 것이다.

호와 이름을 같이 쓰는 것은 자기 이름 자 뒤에 선생이라
고 쓰고 스스로를 높이는 허세처럼 보인다. 좋은 작품으로
후학들의 존경을 받는다면 굳이 이름을 쓰지 않고 호만 써도
누군지 다 알아본다.

그러기 위해서라도 문인은 이름값 할 수 있는 작품과의 승
부가 먼저 아닐까?

* 「제주논단」 (제주일보, 2013년 2월 7일 자) 게재

잘못 쓰이는 제주 지명 새별오름과 화북

제주 지명은 일제 강점 시대를 거치면서 아름다운 우리 지명이 한자어로 바뀌어 많이 변했다. 이는 한글을 말살하려는 정책의 일환이기도 하다.

제주라는 뜻은 물 건너(濟) 마을(州)이란 뜻이다. 한자어로 바뀐 제주 지명 중에 시적인 아름다움을 간직한 이름이 애월이다. 애월(涯月)은 '물가의 달'이라는 뜻이다.

고려 시대에 애월현으로, 조선 시대에는 제주목을 중심으로 좌면과 우면으로 나누면서 서면(西面) 또는 우면(右面)에 속했다. 18세기 중반 이후 신우면으로, 1914년에 제주군 신우면이라 했다. 1936년에야 애월면으로 바꾸었다

이 애월읍 관할 지역에 들불 축제로 유명한 새별오름이 있는데 이 새별오름을 옛사람들은 새벨오름, 새빌오름이라고 불렀다.

지금은 이 오름 일대와 산 전체가 억새 천지나 예전에는 새(띠) 천지였다고 한다. 그래서 옛날 오름 마을 쇠나 말을 기르는 집안에서 이 오름의 여린 새를 베어다 촐(꼴)을 먹였고, 한 해 걸러 초가지붕을 일 때 이곳의 이운 새를 베어다

이용했다고 한다. 제주에서는 이 새를 벤다고 해서 '새빌 오름' 또는 '비다'의 표준어 '베다'를 써서 '새벨오름'이라 불렀다. 어린 시절 이곳을 드나든 옛 어른들의 말이다.

그런데 누군가 벨을 벌판이라는 벌로 생각하여 새벌오름 이라 했다가 언제부터 베다의 벨을 별(星)로 생각하여 새별 오름이 되고 샛별오름으로 진화(?)되었다.

고려사에는 새벽별인 효성악(曉星岳)으로, 조선시대 제주 군읍지에는 샛별인 신성악(晨星岳)으로 표현되었다 하니 이 는 한글이 문자로 통용되지 않던 시절이라 우리말을 한자로 바꿔 표현함에서 잘못 기록한 것이다.

한국지명유래집에는 한술 더 떠 '저녁 하늘에 샛별과 같이 외롭게 서 있다'고 하여 새별오름이라고 소개하고 있는데, 새벨오름 주변에는 이달봉, 누운오름, 가메오름 등이 있어서 외롭지도 않은데 억지로 가져다 붙인 표현이다. 새빌오름이 더 정겹고 역사성이 있다.

제주의 지명 화북도 잘못 바뀐 이름이다. 화북(禾北)의 본 이름은 벨뒤포다. 화북은 고려 시대 삼별초 난이 있기 전부 터 육지와 왕래하는 포구였다. 고전소설 배비장전에 나오는 포구도 화북포구요 제주에서 말을 육지로 보낼 때 물때에 맞 춰 이용한 포구도 화북이다.

이 당시에는 벨뒤포로 불렸다. 벨은 '벼랑'을 의미하고 뒤 는 앞의 반대인 뒤다. 옛날 마을 앞산을 남산(南山)이라 했 고, 한수 뒤쪽 산을 북한산(北漢山)이라 했다. 남산은 서울에만 있는 것이 아니라 전국에 많다.

이 벨뒤는 별(벼랑)이라는 뜻과 뒤(북)쪽, 즉 북쪽(바닷가)에 벼랑이 있는 봉우리란 뜻에서 벨도오름, 베리오름, 별도봉(別刀峰)이라는 말이 생겼고 그 아래 마을을 벨뒤포라는 이름으로 불렀다. 지금은 옆쪽의 사라봉과 함께 제주시민들이 자주 찾는 공원이지만 별도봉에는 옛날 자살 바위로 오명을 남긴 절벽이 자리 잡고 있다.

그런데 1914년 일제 강점기에 행정개편을 하며 마을 이름을 한자로 바꾸었다. 이때부터 벨뒤포가 화북리(禾北里)가 된 것이다. 벨을 벼랑이 아닌 베, 벼(禾)로 뒤를 북(北)으로 바꾼 말인데 벼뒤라는 의미의 엉뚱한 지명이 되었다. 필자가 과문한지 몰라도 화북에 벼농사를 지었다는 말을 들어본 적 없다.

아름다운 우리 오름과 마을 이름이 한자어로 바뀌면서 이처럼 와전되었는데 올바른 이름을 바로 찾아주어야 하지 않을까.

한가위, 중추절의 어원

조카가 '한가위'가 뭐냐고 물었다. 옛날 대학시절 공부한 기억을 되살려 보면 다음과 같다.

한가위. 말 그대로 하면 '큰 가운데 날'이란 뜻이다. 가위는 ㄱ + ㅂㅣ에서 ㄱ+ㅂㅟ〉ㄱ+위〉가위로 변한 말이고 '갑'은 가운데(中, 仲)라는 뜻이며 ㅇㅣ는 날(日)을 뜻한다.

즉 가위는 가운데 날을 뜻한다. ㄱ+ ㅂㅣ를 한자로 쓰면 가배(嘉俳)라고 쓴다.

용례로 '한 말 가옷'은 '한 말 반'을 뜻하는 데서 볼 수 있듯이 '가옷'도 '갑'에서 나온 말로 절반이나 가운데라는 뜻이 있다.

그러면 왜 '한가위'를 명절로 삼았을까? 우리 조상들은 해보다 달을 기준으로 생활했다.

그것은 농사일을 기준으로 한 것이다. 서양은 태양을 기준으로 한 양력(태양력)을 정했지만 우리는 달을 기준으로 음력(태음력)을 썼다.

그래서 달의 차고 기욺에 따라 달을 정했다. 그것이 열두

번 반복되면 그게 새해가 되는데 우리는 그것을 '설날'이라고
한다.

8월 대보름은 달이 가장 크다. 크다는 것은 위엄을 드러내
는 것이고, 달이 크다는 것은 가까이 있다는 것을 뜻한다. 그
래서 일 년 농사의 풍작을 감사하는 마음으로 처음 거둔 곡
식을 올려 하늘에 제사 지내고 조상을 모셔 그 음덕에 감사
했다.

중추절(仲秋節)

우리는 1년을 4개로 나눠 계절을 정했다. 음력으로 1~3월
을 봄, 4~6월 여름, 7~9월 가을, 10~12월 겨울. 그리고 3
개월 씩 나눈 것을 다시 초(또는 孟), 중(仲), 계(季)로 구분하
여 초춘(맹춘), 중춘, 계춘으로 불렀다. 그러니 8월은 중추
(仲秋)라고 하는 것이다.

절(節)은 기쁜 날, 즐거운 날에 붙는 접미사다. 중추절은
한자를 써온 조상들이 한가위를 한자로 바꿔 부르던 말이다.

조선시대만 하더라도 훈민정음이 나온 이후에도 양반이라
는 사람들은 우리말을 천하게 여겼고 한자를 숭상했다. 그래
서 '찬물'이란 발이나 씻는 물 정도로, '냉수'라고 해야 마시
는 물로 생각했던 것이다. '낮잠'은 천한 것들이 자는 잠이고

양반들이 자는 낮잠은 '오수(午睡)'라고 했다.

추석(秋夕) 역시 가을 보름달이 뜨는 저녁 달맞이에서 나온 말이다.

올해는 한가위 보름달을 볼 수 있을까?

항일운동의 성지 조설대

도로명 주소는 그 지역의 역사나 전설적 인물과 관련하여 정해졌는데, 잘 알려지지 않은 것들도 많다.

제주도청의 경우 문연로6인데 문연의 의미가 무엇인지 궁금해서 검색을 해보았더니, 현 제주도청 별관 앞에 있던 문연사에서 유래했음을 알았다.

이 문연사는 구한말 제주에 유배되었던 면암 최익현과 제주의 선비 이기온을 모신 사당이다. 면암은 대원군의 대내 정책을 비판하며 10년간 집권해온 그를 권좌에서 물러서게 하고 고종이 친정을 하는 계기를 마련해 준다. 그러나 이 과정에서 상소문의 문구가 지나치게 과격하다하여 탄핵을 받고 제주에 유배를 왔다. 이때 제주의 선비 이기온이 면암과 친교를 맺게 되는데 면암은 이기온에게 귤당이라는 호를 주었다.

면암이 유배에서 풀려나 한라산에 오를 때 귤당이 길 안내를 한 내용이 「유한라산기」에 나온다.

최익현은 1895년 민비시해사건이 일어나고 단발령이 내려지자 국모의 원수를 갚기를 결심하며 여러 번의 상소를 올렸다. 그리고 '내 머리는 자를 수 있으나 머리카락은 자를 수 없다'며 단발령에 반발했다. 1905년 을사늑약이 체결되자 이 조약이 무효임을 천명하며 의병을 일으켜 일본에 항거했다.

한편 이기온은 최익현과 교유하며 그의 사상에 심취했다. 그는 1881년 사설학당으로 오라리에 '문음서숙'을 열고 후학들을 양성했다. 그의 아들 이응호는 부친의 유지를 받들어 '문연서당'을 열었다. 그 제자들이 면암과 귤당의 유덕을 추모하는 문연사를 1931년 설립하여 정월 중순에 제를 지내고 있다.

이 문연사는 신제주 신시가지가 조성되면서 연미동 망곡단이 있는 곳으로 옮기게 되었다. 망곡단은 국상이 난다든지 나라에 좋지 않은 일이 생겼을 때 도내 유림들이 모여 제를 지내며 곡을 하던 장소였다.

1904년 일본이 대한제국을 일본의 보호국으로 한다는 강제의정서를 발표하자 이응호는 전도의 유림 대표 12인으로 비밀항쟁결사체인 집의계를 결성하며 '의병을 일으켜 의거로써 항쟁할 것'을 다짐하는 선언문을 발표한다. 그리고 1905년 을사늑약이 체결되자 집의계원들은 망곡단에 모여 결사항쟁을 결의하면서, 망곡단을 '조선의 치욕을 설욕한다'는 의미의 조설대로 개칭하며 독립운동의 역사적 현장으로 만들었다.

그러나 왜인들의 철저한 감시로 의병활동은 하지 못하고 계원이었던 이응호는 '탁라국서', 김석익은 '탐라기년'을 저술 애국향토애를 고취하는 데 앞장섰다. 이러한 이들의 정신과 행동은 전도에 알려지고 후에 법정사항일운동, 조천만세운동, 구좌해녀 항일운동의 도화선이 되었다.

일본은 청일전쟁과 러일전쟁을 일으켜 한반도 지배를 공식화했고 만주사변을 일으켜 괴뢰정권 만주국을 세워 옛 고구려의 영지 만주를 점령했다. 또한 대동아공영이라는 허울 아래 태평양전쟁을 일으켜 동아시아의 유럽 식민지를 강탈했고, 미국을 침공하면서 세계를 제패하려는 야욕을 드러냈다.

그로 인해 많은 조선의 젊은이들을 전쟁터로 내몰아 희생시켰는데도 보상은커녕 진심이 담긴 사과 한마디 하지 않았다.

일본은 아직도 침략 근성을 버리지 못해 평화헌법을 개정해 전쟁을 할 수 있는 나라로 만들기 위한 개헌을 계획하고 있다. 그들이 군대를 갖췄을 때 영토 분쟁을 하고 있는 한국, 러시아, 중국 등에는 전쟁의 그림자가 드리워질 것이 분명하다.

그들은 과거 전쟁의 명분으로 왜곡된 역사를 내세웠다. 지금 일본은 극우 편향으로 교과서를 개정하면서 다시 역사를 왜곡하고 있다.

매년 맞이하는 광복절이지만 세월이 흐를수록 그 의미가 퇴색하고 있는 느낌이다.

항일운동의 성지 조설대가 너무 초라하다. 상징물이라도 세워 선인들의 뜻을 기리고 역사 교육장으로 활용했으면 한다.

* 「제주시론」(제주신보, 2016년 8월 15일 자) 게재

고내리 해안가 얼굴바위와 스토리텔링

하귀에서 애월까지 이어진 해안도로는 제주인이나 관광객들이 즐겨 찾는 드라이브 코스다. 육지에서 손님이 오면 필자도 이 길로 안내한다.

햇빛 좋은 날, 수면에 튕겨 부서지거나 바닷속으로 자맥질하여 속살까지 드러낼 때면 그 시시각각 변하는 환상적인 바닷가 빛에 입을 다물지 못한다.

얼마 전 이 길을 가다가 고내리 개그미 해안에 기묘한 바위가 있다는 걸 알았다. 마치 보살과도 같은 거대한 여신이 바다를 응시하며 온화하게 웃고 있는 게 아닌가?

그런데 어이없는 건 그 부근에 세워 놓은 명판이었다. 스토리텔링과 함께 그리스 신화에 나오는 바다의 신 포세이돈의 큰바위 얼굴이라 명명되어 있었다. 첫눈에 이 명판을 세운 사람은 제주의 신화와 역사를 모르는 분이라는 걸 짐작할 수 있었다.

신화의 섬 제주에 그리스 신화를 차용한 것이 너무 생뚱맞아서 애월읍사무소에 확인해 보았다. 담당자가 바뀌어 명판이 어떻게 세워졌는지 알고 있는 사람이 없었고 관에서 세운 것이 아니라고 했다.

고내리 사무소에 문의했더니 이장이 알고 있었다. 그 주변에서 장사를 하던 외지 출신이 개인적으로 설치해놓은 것이라고 했다.

안데르센 동화의 주인공을 어느 조각가가 덴마크 코펜하겐 바닷가에 만들어 놓은 인어공주 상이 관광 명소가 되었다는 것은 널리 알려진 사실이다.

인공적인 인어공주 상에 비하면 자연적으로 형성된 고내리 해안가에 있는 큰 바위는 또 하나의 관광 명소가 될 수 있다. 어느 누군가 명명을 선점하기 위해 명판을 세워 놓는다고 해서 공식적인 명칭이 되어서도 안 되고 될 수도 없다.

그 자연물의 명칭은 그 고장의 역사나 제주인의 정서에 맞는 것이어야 하고 개인보다는 공식적인 과정과 절차를 통하여 도민들이 수긍할 수 있는 명칭이어야 한다.

필자는 그 바위를 보면서 영등할망이 문득 떠올랐다. 영등할망 전설은 세주도민이면 한 번쯤 들었을 내용이다. 영등할망은 바람과 바다의 여신이다.

제주 어느 해안가에 고기잡이하던 어부들의 배가 바람에 밀려 외눈박이들이 사는 섬으로 표류하게 되었다. 그 외눈박이들은 사람을 잡아먹는 거인들이었는데 그들이 떠밀려 온 것을 보자 그 부근에서 놀던 영등할망은 인간들의 위급함을 알고 섬 속의 동굴에 숨겨주었다.

그리고 그들에게 고향 포구에 도착할 때까지 가남보살(관음보살)을 외우며 가라고 했는데, 고향이 가까이 보이자 안도하며 주문 외우는 것을 잊어버렸다.

그 순간 바람이 일더니 또다시 배는 바다 한가운데로 밀려가고 외눈박이들의 눈에 띄게 되었다. 인간을 사랑하는 영등할망은 이번에도 숨겨주고 거짓말을 했으나 외눈박이들은 영등할망을 죽여버렸다.

그 시신 중 다리는 한림읍 한수리에, 몸통은 성산포에, 머리는 우도에 떠밀려 왔다. 그래서 바다 농사를 짓는 사람들은 지금도 음력 2월 초하루가 되면 영등할망을 맞이하는 굿을 시작하여 2월 열나흘날 영등할망을 보내는 굿을 한다. 바다를 응시하는 큰 바위를 영등할망 신화와 연결해 스토리텔링화하면 어떨까 제안한다.

가령 구원받은 어부들이 영등할망에게 감사하며 그 생전 모습을 보고 싶어 간절히 기도했는데, 어느 날 꿈속에서 영등할망이 나타나 고내리 해안가에 가 보라고 해서 생겨난 바위라고도 할 수 있겠다.

고내리 해안가의 아름다운 절경에 걸맞은 이름이 필요하다. 영등할망은 영등할으방 등 여러 명칭으로 불리고 있으니 도민들의 예지를 모으면 좋은 이름을 찾을 수 있지 않을까?

*「제주논단」(제주일보. 2015년 2월 23일 자) 게재

앞으로 불법은 영원히 끊어질 것이다

조선 때 제주에 귀양 온 유배자 중에 허응당 보우란 분이 있다. 그런데 이분은 당대 불교계를 대표하는 인물이었지만 제주에서 비참한 최후를 맞이했다. 필자는 가톨릭 신자지만 인물 탐구의 차원에서 600여 수의 시문을 남긴 보우대사에 흥미가 당겼다.

보우대사는 1548년(조선 명종 3년) 수렴청정하고 있던 문정왕후에 의해 발탁되어 조선 불교의 수장으로 당시 불교의 총본산이었던 봉은사 주지에 임명된다. 당시 조선은 주지하는 바와 같이 성리학이 정치의 근간이었으므로 불교에 대한 박해는 이루 말할 수 없었다.

전국 사찰이 폐쇄되어 왕실의 수렵장 마구간이나 유흥장으로 바뀌고 승려들은 관가의 종으로, 기녀로 전락하여 천민 취급을 받았다. 이처럼 훼불(毀佛)이 극도에 이르렀지만 문정왕후는 독실한 불교 신자였다.

자신의 아들이 임금이 된 것도 부처님 덕으로 생각하고 있는 터여서, 그는 흥불 사업을 앞장서서 기획하였고 전국의 불사를 적극적으로 후원하였다.

보우대사는 이런 문정왕후의 비호 아래 유신들의 반대를 무릅쓰고 '지금 내가 없으면 앞으로 불법(佛法)은 영원히 끊어질 것이다'라는 소명의식으로 불가의 중흥에 온몸을 바쳤다.

그는 유신들에 논리적으로 맞서기 위해 유가의 경전들을 섭렵했고 불가의 이론에 해박하여 불자들로부터 생불이라 존경받았다.

그는 조선 불가의 중흥을 위해 경국대전에 있는 도첩제 조항을 살려서 승려의 사회적 지위와 신분을 보장하였고, 승려들의 과거 시험인 승과제를 도입하여 깊은 산 암자에 묻혀 있던 대덕 고승들을 발굴하였다.

승과제에 뽑힌 승려들을 전국 사찰의 주지로 임명함은 물론 이들에게 벼슬을 주어 국록을 받게 하였다. 그중에서도 임진왜란이 일어났을 때, 승병들을 이끌고 왜적에 대항했던 서산대사 휴정과 사명당 유정은 식년시 장원 출신들이다.

당시에는 을사사화, 정미사옥 등의 궁중 변란과 임꺽정 등 민란이 그치질 않았다. 또한 왜구의 침입도 빈번하여 사회가 어지러워지고 민심이 흉흉해지자 많은 젊은이들이 승려가 되고자 했고 불교 신자가 기하급수적으로 늘어났다.

보우대사는 봉은사 중창, 중종 묘의 천릉 역사, 청평사의 중건, 당대 동양 최고의 가람인 회암사의 중창 등 승려들을 이끌고 많은 역사를 감행했다. 그러나 문정왕후가 훙서(薨逝)하자 보우는 가히 태풍 같은 질타와 비판에 직면하게 된다.

유신들은 물론 성균관 유학생, 전국 유림에서 보우를 죽여야 한다는 상소가 1천 통이 넘게 끊임없이 올라왔지만, 명종은 그에게 잘못이 없다고 하여 제주에 정배를 명했다.

3개월여 제주에서 귀양 생활을 하던 보우대사는 새로 부임한 변협 목사에 의해 어느 가을날 매를 맞아서 한 떨기 낙엽처럼 생을 마치게 된다.

이렇듯 피폐해 가는 불가의 재건을 위해 순교를 한 분이지만 정작 불교 신자들도 보우대사에 대해 모르는 분들이 많다.

오늘날 불교가 이만큼 발전한 것이 보우 대사가 기반을 닦지 않았으면 가능했겠는가? 그를 기리는 대표적인 사찰이 서울 봉은사와 제주의 세계평화불사리탑사이다.

제주 유배 생활에서 남긴 시문이 발견되진 않았지만, 그가 남긴 『허응당집』은 당대 선사들의 사상과 이념들 그리고 세계관들을 연구하는데 귀중한 자료가 되리라 생각한다.

누구나 제주를 사랑한다고 하지만 제주를 살다 간 역사적 인물들에 대해서는 관심들이 많지 않다.

＊「제주논단」(제주일보, 2014년 11월 17일 자) 게재

표절, 지울 수 없는 악마의 문신

책을 읽다 보면 마음에 담아두고 싶은 좋은 글귀가 있게 마련이다. 그래서 그것들을 자신이 드문드문 떠오른 생각들을 적는 창작노트에 메모해 둔다.

그런데 오랜 시간이 지나면 그게 자신이 생각해 낸 글귀로 착각하고 작품에 활용해 쓴다.

그게 호기 있는 등단 초기 시절에야 아무도 관심 두지 않고 기억하지 못하지만, 유명세를 치르게 되면 과거의 작품들이 재조명을 받고 표절이라는 게 밝혀진다. 그게 지울 수 없는 악마의 문신처럼 남게 된다는 걸 당시에는 모른다.

그래서 작가들에게는 끝없는 자기검열이 필요하다는 말이 나온다. 표절은 양심의 문제를 넘어 죄악이다. 작가는 한 줄의 아름다운 문장을 만들어내기 위해서 수많은 밤을 뜬눈으로 지새기도 하고 머리를 쥐어짜며 인고의 시간을 보내기도 한다. 한데 그런 결과물들을 아무런 가책도 없이 자기 것으로 만든다는 건 영혼을 도둑질하는 일이다.

표절은 공명심 뒤에 언젠가 자기를 파멸시킬지도 모르는 악마의 발톱을 숨기는 일이다.

요즘 당대 한국을 대표하는 작가라는 분이 표절 시비에 휘

말렸다.

이 문제는 15년 전에도 제기되었지만, 그때는 공단 출신의 전도가 유망한 신인, 돈벌이가 될 만한 작가라는 것 때문에 출판사가 앞장서 그걸 막았고 양식 있는 평론가들도 침묵했다.

그러나 이제 세상은 사회관계망(SNS 소셜네트워크서비스)이 촘촘히 구축된 백주의 세상 아닌가. 손으로 하늘을 가릴 수 없는 세상에서 그 과거의 사건은 문학인 영역을 떠나 사회의 이슈가 되었다. 작가 본인은 표절 사실을 부인한다. 그걸 인정하면 작가 생명이 끝남은 물론 후폭풍이 만만치 않기 때문이다. 자신의 책을 사준 독자들에게만 믿음을 호소해서 끝날 일도 아니다.

작품이 인쇄되어 나오면 이미 그건 상품이며 사회의 공적 자산이기 때문이다. 같은 길을 걷는 문인으로서 안타까울 뿐이다.

이런 표절의 경험은 비단 문학에만 국한되는 일은 아니다. 유명인들의 논문, 양식 있는 학자들마저도 논문 표절이 일상화되어 있는 사회다. 유명 문인이라서 이렇게 사회적 이슈가 되고 있지만, 주변 문인들 작품에도 이런 표절이 문제가 되는 경우가 많다.

주로 외국 작품 중에서 좋은 글귀를 도용하는 사례가 많고, 동료 문인의 것을 모방하거나 글자 몇 개를 슬쩍 바꿔 자기의 것으로 만드는 경우도 있다. 이미 문인의 자격이 없는 자들이지만 그들이 저질러놓은 분탕질은 기성문인들에게 오욕으로 남는다.

희곡의 경우는 더욱 심하다. 희곡을 읽지 않고 공연을 통하여 관객과 만난다는 점에서 남의 작품에 제목을 바꾸고 작가 이름을 바꿔 통째로 표절하여 공연하는 경우가 간혹 있다.

필자의 경우다. 몇 년 전 서울에서 활동하는 희곡작가에게서 전화가 왔다. 경기도 어느 극단의 공연을 봤는데 희곡집에서 읽은 내 작품과 내용이 똑 같더라는 거다. 공연을 소개하는 인쇄물에서 줄거리와 작중 인물을 봤는데 내 작품이 틀림없었다.

주변 동료 작가들이 더 난리였다. 이런 작가와 희곡을 우습게 아는 풍조에 경종을 울리기 위해서라도 법에 호소하라고 했지만, 지방의 열악한 연극 환경을 잘 아는 필자는 일을 크게 벌이고 싶지 않았다. 결국 희곡작가협회 저작권담당자가 중재하여 작품사용료를 일부 받긴 했지만, 분노를 넘어 허탈감을 느꼈던 일이다.

남의 것을 사용하더라도 인용 출전을 밝히면 되는데 제 혼자 눈감아 버림으로써 지울 수 없는 악마의 문신을 남기는 인간의 어리석음이란.

* 「제주논단」 (제주일보, 2015년 6월 22일 자) 게재

문화 숲에 이는 바람

성화는 타오르고 있는가

30년 전만 하더라도 문학인으로 등단하는 것은 국가고시에 패스하는 것만큼이나 어려운 일이었다. 등단의 문이 좁았다. 몇 개 중앙 신문사의 신춘문예와 권위 있는 서너 군데 월간지 신인문학상 공모가 전부였다.

문인이 되려면 문학청년 기간을 거치면서 문학에 대한 열정과 경외심으로 오랜 각고의 습작 기간을 거쳐야 했다. 그래서 등단이라는 영광은 개인뿐 아니라 마을의 경사였고 축하를 받을 일이었다.

그러나 근래 들어 문학인들이 많이 배출되면서 문학에 대한 인식이 좋지 않은 방향으로 변화하고 있다. 문학이 더이상 고상한 것이 아닌 하찮은 것으로 생각되고 있다.

문학인들이 경시당하는 풍토는 정부의 문화정책에서 기인한다. 아니 정책이 잘못된 게 아니라 정책 시행 이후의 사회 변화에 대한 대비책을 생각하지 못했다.

2000년대에 들어서면서 '문화의 세기'에 맞춰 서울뿐만 아니라 지방에까지 '문화원', '문화의 집'이 늘어났고 대학마다 평생교육원을 개설하면서 생활예술로서의 문학을 확산시키는데 크게 기여했다.

이러한 예술의 대중화는 특히 문학 부문에서 엘리트 문학인의 지원보다 문학의 인프라를 구성하는 데 치중했고, 그 결과 지방에 문학관이 생기고 문학 지망생들을 다량 생산하게 되었다.

MB정부가 들어서면서는 문화예술지원 4대 정책을 마련하면서 그중에 생활예술에 대한 지원을 대폭 늘렸다.

그런데 말고삐를 잡으면 말을 타고 싶어하는 게 인지상정이라, 평생교육으로서의 문학을 수강하고 일정과정을 수료한 문학애호가들은 무슨 자격증이라도 따듯 앞다투어 등단의 길을 찾았다. 이를 부추긴 게 우후죽순처럼 생겨난 기백 개의 문학잡지사들이다.

이들 잡지사들은 등단 장사를 했고 심한 잡지는 한 달에 스무 명씩 작가들을 양산해냈다. 그 결과 맞춤법도 제대로 모르는 사람들한테도 문인의 자격(?)을 남발하다 보니 어느 마을에선 한 집 건너 시인, 수필가라는 비아냥이 나돌 정도다. 문학적 소양이 부족한 사람들이 어느 날 갑자기 문학인 행세를 하니 꼴사납다는 말일 게다.

상황이 이렇게까지 된 데는 기성 문인들 책임도 크다. 즉 특정 잡지사 운영위원이나 편집위원으로 참여하는 제주 문인들이 자신의 영향력 과시나, 해당 잡지사 출신 문인들이 세 확장, 또는 잡지사 경영에 협조(?)하기 위하여 설익은 문인 배출에 중매인 노릇을 하는 것이다.

물론 그중에는 탄탄한 내공을 가진 문인들도 더러 있지만, 문학의 이름으로 무수히 쏟아져 나오는 글들 속에 예술이 주는 훈훈한 향기나 감동을 얻을 수 있는 작품은 찾아보기 힘들다.

문학인이라는 사람들 스스로가 예술의 존엄성을 무참하게 유린하고 있는 것이다. 평생을 문학에 천착하며 문학이라는 성터를 지켜 온 선배들 대하기가 자괴스러울 뿐이다.

그러나 시대의 흐름을 거스를 수는 없다. 시대는 바야흐로 무한경쟁 시대다. 좋은 작품을 쓰는 사람만이 살아남고, 그렇지 못하면 '나 홀로 문인'이 될 뿐이다. 문학인이라는 이름은 명예가 아니라 멍에다.

어둠이 짙을수록 빛이 더욱 그립듯이, 문학인은 힘들고 고단한 세상을 헤치며 빛을 찾아내야 하는 멍에를 져야 한다. 그래서 부조리한 세상 때문에 아프고 고통받고 소외된 사람들에게 희망과 구원의 메시지를 줄 수 있는 그런 작품을 써내야 한다. 작품으로 독자에게 인정받을 수 있어야 진정한 문인이다.

소설 『25시』의 작가 게오르규는 '작가는 예술의 성전에 성화를 지키는 전사'라고 했다. 21세기 정보화 시대에 무슨 시대착오적인 소리냐고 할지 모르지만, 시대가 변해도 문학의 본질은 변하지 않았다.

작품을 쓸 때마다 늘 내 자신에게 묻는다. 과연 내 예술의 성전에 성화는 타오르고 있는가?

* 「세평시평」 (2011년 4월 1일 자 제주매일) 게재

제주어, 제주인 그리고 탐라문화

소통의 기본 매개체는 언어다.

그런데 제주인들은 언어의 이중구조를 가지고 있다. 서울에 가면 표준어를 사용하면서도 고향 사람을 만나면 제주어를 쓴다. 친근감과 동질성의 표현이다.

필자는 2017년 6월 찾아가는 탐라문화제 행사 참가자로 일본 오사카를 다녀왔다. 오사카에는 일본에서도 가장 많은 교민들이 사는데 제주 출신만 8만 명이 된다고 한다.

예전에는 더 많았지만 세월이 흐르면서 관서지역에서는 2세, 3세가 주류를 이루고 있다. 그들은 제주어는커녕 한국어를 모르는 이가 많다. 많은 교민들이 사회적인 제약과 불평등 때문에 귀화를 했다고도 한다.

교민들이 주로 거주하는 한인타운은 도로 하나를 사이에 두고 발전 양상이 확연하게 차이가 났다. 한쪽은 고층빌딩이 즐비한데 한인타운은 의도적으로 외면하여 전철 역사마저 초라했다. 일본은 교민 사회를 와해시키기 위해 각종 민원이나 개발에 미온적이고 교민들은 쫓겨나지 않기 위해 온갖 불편을 감수한다고 했다.

이런 상황에서 제주도는 제주예총과 공동으로 2011년에 이어 두 번째로 탐라문화제의 내용을 압축한 전시와 공연물을 가지고 2017년 5월 오사카를 찾았다.

오사카 시립 히가시나리 구민 센터에서 열린 이 행사에는 공연 한 시간 전부터 교민들이 몰려들기 시작했다. 행사장 로비에는 사진협회가 제주도 전통 사회의 모습을 담은 사진전을 열었다. 젊은 교민들은 신기한 듯 바라봤고 담당자는 설명하기 바빴다. 이 작품들은 관서교민회에 기증되었다.

교민회 젊은 임원들이 일찍 나와 좌석을 만들고 장내를 정리하면서도 일본어로 대화하는 것을 보고 공연 내용을 이해하지 못할까 두려웠다. 그러나 1천여 석에 달하는 객석은 시작되기 10분 전에 이미 만석이 되었다. 관서교민회 임원들이 애쓴 결과다.

개회식은 일본어로 통역이 되었고 공연은 자막으로 설명됐다.

첫 번째 공연이 제주민담구연이었다.

제주어로 구수한 옛날이야기 한 토막을 구연하는데 객석에서 웃음소리가 들렸다. 이내 여기저기서 제주어를 따라 하며 호응하는 사람들이 꽤 많음을 알았다. 그리고 이어진 민요와 총체극 '제주이야기' 공연에서는 노래를 따라 부르고 박수를 치고, 어깨를 들썩이며 춤을 추고, 웃음으로 환호했다. 오랜만에 듣는 제주어가 정겹고 감동에 겨워 손수건으로 눈물을 훔치는 이도 더러 있었다. 가고 싶어도 가지 못하는, 이제는 가도 반겨줄 이 아무도 없는 고향에 대한 그리움이 눈물을 만들었음이다.

고향을 떠나 겪었을 멸시와 시련과 간난의 시간들, 부모 형제에 대한 그리움과 살아 있음에 대한 감사, 고향 사람들과 함께할 수 있는 편안함 등 복합적인 회한이 그들 가슴을 적시고 있다는 걸 느꼈다.

공연이 끝나고서도 교민들은 한동안 자리를 뜨지 못했다.

교민회 임원들은 늦은 만찬 자리에서도 이역 땅까지 찾아와 준 일행들에게 감사하다는 말을 거듭했다.

문화는 이렇게 흩어진 사람들을 하나로 만드는 힘을 가졌다는 것도 알았다.

그게 어디 오사카 교민들뿐이겠는가? 100만 제주도민을 말한 지는 오래되었다. 제주를 떠나 해외에, 국내 여러 지역에 살고 있는 재외 도민들이 많다는 말이다. 제주가 고향이라고 하지만, 일 년에 한 차례라도 다녀가는 사람은 극히 일부분이다.

고향을 떠나면 제주어를 잃어버리고 제주 문화를 접할 기회가 많지 않다.

매년 개최되는 탐라문화제에 참가하는 재외 도민들은 극소수다. 그런데 제주 문화는 어디서나 아무 때나 듣고 볼 수 없는 특수성을 지녔다. 우수하고 독특한 제주 문화를 재외 도민들 곁으로 찾아가서 그들과 함께함으로써 제주민이라는 자긍심을 가지게 해주는 것도 행정 당국의 몫이다.

찾아가는 탐라문화제가 해외만이 아니라 국내 제주도민을

찾아가야 하는 이유다.

＊「제주시론」(제주신보, 2017년 6월 19일 자) 게재

UCLG글로벌청년문화포럼에 대한 기대

'지속 가능한 도시의 문화를 위한 약속과 실천'이라는 주제 아래 제2회 UCLG(세계지방정부연합)세계문화정상회의가 2017년 5월 13일 막을 내렸다.

UCLG는 자치단체 간 정보와 기술 교류 및 지방자치 진흥을 목적으로 1913년 설립되었으며 현재 140개국 1,000여 개 지방 자치단체와 기관이 가입된 UN에서 정한 가장 큰 국제기구이다.

UCLG는 지방자치와 분권, 지방재정, 성 평등, 문화, 사회 통합과 인권 문제를 다루는데 한국에서는 제주, 인천 등 13개 도시가 참여하고 있다.

원희룡 제주도지사는 세계를 9개 권역으로 나눈, 아시아태평양지역 회장이며 총회의 공동 부회장이다. 2년에 한 번 열리는 UCLG 아태지역 총회는 2007년 제주에서 개최되었는데 세계문화정상회의는 권역별 총회와는 달리 문화를 이슈로 하는 세계적인 조직이다.

2015년 첫 대회가 스페인 빌바오에서 열렸다.
여기서 '문화21 행동강령'이 채택되었는데 문화가 중심이 되는 지속 가능한 사회가 지켜야 할 아홉 가지 중점 사항들을 설정해놓았다. 이번 제2회 제주회의에서는 각 지방정부가 문화21 행동강령을 어떻게 시행하고 있는지에 대한 사례가 발표되었다.

그리고 회의 마지막 날 청년예술가들의 창작·기획의 기회를 제공하기 위해 제주도, JDC(국제자유도시개발센터)와 UCLG 공동으로 '글로벌청년문화포럼'을 매년 제주에서 개최하기로 했다.

제주도는 매년 포럼을 주관하고 UCLG는 세계청년예술인들의 네트워크를 확장하며 JDC는 메세나 역할로 포럼을 지원한다.

이 포럼은 글로벌 문화전문가와 함께 청년문화예술에 대한 포럼을 개최하며, 청년예술 공동프로젝트를 발굴하고, 청년예술인들의 역할 확대를 위한 정책 발굴, 네트워크를 통한 문화예술 버스킹을 시행하는 등 청년문화 생태계를 조성하는 데도 기여한다.

매년 세계의 젊은 예술가와 문화기획자들이 모여들어 문화예술에 대한 다양한 논의와 새로운 시도와 실험을 통하여 청년문화의 새 지평을 열어가면서 제주가 청년문화의 메카가 되기를 기대한다.

이 포럼의 제주 상설 개최는 많은 부가가치를 갖는다.

우선 원 도정이 공약으로 내세웠던 문화예술의 섬이 구체화 된다는 것이다.

미래 가치인 청년예술가를 발굴하고 정책을 개발하고 지원을 확대함으로써 세계의 젊은 예술가들이 모여드는 명실공히 예술의 도시가 될 수 있다.

서울의 홍대 입구처럼 제주 원도심의 문화예술의 거리가 세계의 젊은 예술가들의 예술행위로 북적대는 날을 기대할 수 있다.

이 포럼이 성공을 거두게 되면 청년문화예술에 대한 많은 이슈가 생산되고 세계의 청년예술가와 문화기획자, 문화담당 기자들이 몰려들 것이다.

젊은 예술가들이 공동프로젝트에 의해 발굴한 많은 기획 프로그램들이 부가가치를 가지게 되면, 이들을 지원하는 세계의 유수 기업들을 끌어들여 펀드를 조성할 수도 있다.

이 기금 조성은 국제기구를 유치하는 효과를 보게 된다.

인천은 2012년 송도에 녹색기후기금 사무국을 유치했다. 녹색기후기금(GCF)의 규모는 8,000억 달러이며, 8,000여 명 이상의 유엔 직원이 상주하고 연간 120회 정도의 국제회의가 열린다고 한다.

행정 당국은 이 포럼을 키워야 한다.

매년 정기 포럼이 열리기 전 청년예술, 청년문화에 대한 다양한 행사를 기획하고 운영해야 한다. 그리고 포럼을 통해 발굴된 정책을 네트워크를 통하여 홍보하고 파급할 전문가들을 모아야 한다.

따라서 글로벌청년문화포럼을 국제적인 독립 법인체로 만

들어 체계적으로 운용하고 지원할 필요가 있다.

　내년부터 매해 개최될 글로벌청년문화포럼이 제주인의 삶을 격조 높은 문화로 견인하는 계기가 되길 기대한다.

＊「제주시론」(제주신보. 2017년 5월 24일 자) 게재

유배문화의 활용, 중국 해남성의 경우

해남성은 중국에서 대만을 제외하고 가장 큰 섬으로 대한민국의 3분의 1의 크기다.

해남성과 제주도의 유사성은 국토의 남쪽에 달린 제일 큰 섬이라는 것과 그로 인해 나라의 중죄인들을 가둔 유배의 땅이라는 점이다.

주지하다시피 제주는 조선 시대 2백여 명이나 되는 귀양객들이 유배를 살던 곳이었고, 그들로 인해 문화적으로나 지역발전 면에서 많은 영향을 받았다.

중국의 해남성도 송대의 걸출한 시인인 소동파가 여러 곳의 적거지를 거치다 최후로 유배된 곳이다. 이런 연유로 제주도는 해남성과 일찍이 자매결연을 맺었고, 2015년 제주도는 해남성과 자매결연 20주년을 맞이해서 한중간 인문유대강화사업의 일환으로 '소동파와 추사의 인생과 예술'이란 주제로 세미나도 열었었다.

필자는 '문학을 통한 제주의 세계화'라는 주제로 제주PEN과 해남성 작가협회와의 교류를 위해 2016년 5월 하순 해남성을 다녀왔다.

중국은 사회주의 국가이기 때문에 인민단체는 성에 소속

되며 해남성작가협회의 정·부 주석은 성의 행정 또는 편집하는 일을 겸임하게 된다.

이들의 조직은 자격심사위원회, 소설창작위원회, 산문창작위원회, 이론비평위원회, 시가창작위원회, 소수민족창작위원회, 네트워크창작위원회 등 7개의 전문위원회로 구성되어 있어 장르별로 되어 있는 우리와 달랐다.

이들은 『천애』라는 문학지를 내고 있었다.

소동파는 해남을 천애해각(天涯海角)이라고 했다. 하늘 물가 바다 뿔, 즉 하늘 끝 바다 끝 더 이상 나아갈 곳도 물러설 곳도 없는 곳이라는 의미다.

이는 해남도의 별칭이 되었고 해남도의 문인들은 '천애'라는 단어를 애호하여 문학잡지나 단체명에 즐겨 쓴다고 했다. 그들은 인사말에서 제주와의 문학교류의 의의를 내륙이 아닌 국제로 나가는 첫 문을 열었다는 말로 압축했다.

그 문을 열 기회를 주신데에 감사하다고 했다. 개회식과 낭송회의 과정은 해남성방송국에서 녹화를 했다.

중국 해남성이 관광지가 된 지는 오래지 않았다.

1988년 중국에 개방화 바람이 불면서 광동성에서 독립하여 그제야 관광특구가 되었으니 제주도와 비교하면 관광지의 역사는 일천하다.

해외 화교 자본과 중국 권력자들의 자본이 투입되어 아직도 화려한 호텔과 고층빌딩이 건축되고 있는 미완의 관광지다.

야자, 코코아, 바나나 등 열대 식물과 원숭이 섬 등 남국의 자연환경과 기다란 해변, 36개 소수민족 원주민의 독특한 전설과 문화를 관광 자원화하고 있다.

그러나 해남성이 한국인에게 각광을 받는 것은 소동파의 최후의 유배지라는 것 때문이다. 그가 남긴 일화, 문장, 문화에 끼친 영향 등이 스토리텔링화 되어 관광객들을 매혹하고 있다. 그는 주민들에게 글을 가르치고, 농사법, 우물관정, 요리법을 알려주었으며 서원을 설립해 제자들을 육성했다.

소동파는 습한 기후와 풍토병에 시달리며 원시부족인 여족과 비참한 생활을 이어나가면서도 해남에 있는 3년 동안 127편의 시와 논문, 서신, 잡지 등 182편의 글을 남겼다고 한다.

그는 유배에서 풀려나 고향으로 돌아가는 중 사망했으니 생의 완숙기에 남긴 최후의 작품들인 셈이다. 그가 남긴 문화가 온전히 전해 내려오는 것은 아니지만 현지의 생활에 스며들어 아직도 그 흔적을 찾아볼 수 있었다.

제주에 유배된 추사가 소동파의 유배생활을 전해 듣고 자신과 동일시하면서 작품을 남겼다고 한다. 해남성은 소동파를 적극 관광 자원화하고 있다.

전남 신안군은 '흑산도유배문화공원'을 만들고, 경남 남해군이 '남해유배문학관'을 개관했는데 아직 제주에는 문학관조차 없다.

제주 유배인들이 남긴 문화적 자산은 또 하나의 제주의 유산이다. 이를 발굴 자원화하는 일이 시급하다.

*「제주시론」(제주신보, 2016년 6월 23일 자) 게재

잃어버린 탐라 역사를 찾아서

근래에 일본이 독도가 일본령이라는 것을 일부 교과서에 싣자 우리 정부가 즉각 항의하였다는 기사를 접했다. 일본은 광개토태왕석비를 훼손하고 왜곡까지 하면서 만주와 한반도 침략을 합리화하려고 한 전력이 있다.

이의 근거가 되는 게 역사의 기록이다.

이번 총선으로 여소야대가 되면서 작년에 여당이 처리했던 여러 정책이 다시 개정될 모양이다. 그중에 역사교과서 국정화 문제도 도로 검인정으로 바꾸겠다고 야 3당이 공약으로 내세웠다.

과거의 역사는 왕조 중심으로 힘 있는 지배자, 권력자들의 구미에 맞게 바뀌어왔고 기록되어 왔다. 그래서 변방의 역사는 무시되거나 소홀하게 다루어졌다.

탐라의 역사도 마찬가지다.

탐라국 1천 년의 역사라지만 왕세보는 남아 있되, 그 왕의 시대에 무슨 일이 일어났고 어떤 일을 했는지의 기록들은 미미하다. 탐라가 처음 역사에 기록된 건 3세기경에 진수가 쓴 『삼국지』 위서 동이전 한(韓) 편에 의해서다.

그 내용을 한글로 번역하면 '주호(洲胡)'가 있는데 '마한' 서쪽 바다 가운데의 큰 섬이다. 배를 타고 왕래하며, '한중(韓中)과 교역한다.'고 되어 있다.

그때 당시 중국에는 탐라가 아닌 '주호'로 소개되어 있고 위치가 마한(백제)의 서쪽이라고 되어 있으나 이는 답사하여 기록한 것이 아니라 구전한 것을 기록했기 때문이지만 제주를 말하고 있는 건 확실하다.

『제주고씨세보』에 의하면 탐라의 개국을 BC 2337년으로 보고 있는데 이는 단군왕검이 고조선을 세운 시기와 비슷하다. 탐라국은 삼국시대에 들어와서는 백제 · 고구려 · 신라와 각각 교역한 것으로 『삼국사기』 등에 나타나고 있다.

특히 신라와 당나라 연합군에 의해 백제가 멸망(660)한 직후에는 바다 건너 일본과 중국 당나라와도 외교 관계를 맺어왔다.

이 무렵 중국의 『신당서』의 기록에는 "용삭 초년(신라 문무왕 원년, 661)에 탐라(耽羅)라는 나라가 있었는데, 그 나라 왕인 유리도라(儒李都羅)가 사신을 당나라에 보내어 황제를 뵙게 하였다. 그 나라는 신라의 무주(지금의 광주광역시) 남쪽 섬 위에 있다"고 했다. 그런데 근래 어느 재야 학자가 탐라는 섬에 국한된 나라가 아니라 한반도 본토 일부를 점령하고 통치하던 국가라는 설을 내놓아 관심을 끌고 있다.

이는 『삼국사기』 백제본기 동성왕 편의 기록을 그 근거로 하고 있는데, 이는 탐라 27세 지운왕(484~508) 때에 백제가 탐라를 치려고 무진주(광주)까지 내려왔다. 이에 탐라는 사신을 보내 화의하고 백제군을 회군시켰고 이후 탐라는 백제의 간섭으로 신라 및 고구려와 교역을 중단했다'는 기록을 전거로 하고 있다. 여기서 탐라를 치려고 바다를 건너온 것도 아니고 광주까지 내려온 백제의 장군과 화의를 했다는 것은 당시 탐라의 강역이 전라 나주까지였음을 의미한다는 것이다.

백제가 탐라를 치려는 이유가 담왕 때(476년)에는 백제에 사신을 보내 방물을 바쳐 탐라왕은 좌평(佐平), 사신은 은솔(恩率) 벼슬을 받았으나 이후 탐라는 백제에는 조공을 하지 않고 고구려에 특산물 진주를 보내고 신라와 교역을 하기 때문이었다.

그리고 나주가 탐라의 점령하에 있다는 것은 지명에서 나주의 옛 이름 '발나'는 '별의 나라(星主의 나라)'는 뜻이고, 용담동에서 발견된 옹관이 제주에서 만들어진 옹관과는 다른 나주의 옹관과 같다는 것이 이를 증명한다고 했다.

고려 시대 삼별초 점령 시기에는 남해안 일부까지를 통치 아래 두었던 기록이라든지 이후 백여 년 몽골의 직접 통치를 받았고 세종조(1402년)에 와서 조신에 완진 편입되기까지 탐라는 독립 국가였다.

잃어버린 탐라 역사를 재조명할 수 있는 좋은 화두라 생각한다.

* 「제주시론」(제주신보. 2016년 4월 27일 자) 게재

역사교과서 국정화 왜 문제인가

최근 동북아역사재단에서 국고 47억 원을 들여 '동북아역사지도'라는 것을 만들었다.

2008년부터 시작하여 금년 종료 예정이었다. 그러나 이 지도집 일부가 공개되자 역사학계가 발칵 뒤집혔다. 중국의 동북공정과 일본 극우파의 식민사관을 추종한 지도였기 때문이다.

고대 한반도 북부가 중국사의 강역이었고 심지어 위나라 조조가 경기도 일대까지 점령했고, 일본 사학자들이 주장하는『삼국사기』초기 불신론에 따라 4세기까지 한반도에는 신라와 백제가 존재하지 않는 것으로 그려놓았다. 그보다 더한 왜곡은 이 지도에는 독도가 아예 없다. 의도적으로 지워버린 것이다.

문제가 커지자 2018년까지 감수 기간을 연장했다. 도대체 지금이 어떤 세상인데 국민의 혈세로 이런 정신 나간 짓을 하는 것인가?

이것은 애초에 예견된 일이었다. 우리나라 사학계는 크게 강단 사학과 재야 사학으로 양분되어 있다. 문제는 일제의 식민 사관을 신봉하는 강단 사학이 학계와 정관계를 장악하고 있는 현실이다. 중국의 동북공정에 대응하기 위해 만든 동북아역사재단, 국사편찬위원회, 역사교과서편찬위원회 등도 강단 사학자들이 포진하고 있어서 재야 사학자들은 발 디딜 틈을 주지 않는다. 그래서 지도 편찬에 참여한 학자들은 당연한 듯 매국 행위를 저질렀다.

재야 학자 이덕일 박사는 『한국사, 그들이 숨긴 진실』이라는 책에서 식민 사관에 의해 숨겨진 우리의 역사 네 가지 사항을 지적했다.

그 하나가 한사군의 문제다. 우리는 고조선이 한반도 내에 세워졌고 한사군의 위치도 한반도 내로 비정한 역사를 배웠다.

단군신화, 주몽신화는 신화이기 때문에 역사로 인정하지 않은 일본 사학의 주장을 그대로 계승한 국정교과서를 그리고 외국의 침탈에만 대항한 순진한 민족으로 배웠다.

그러나 근래에 중국의 사서를 연구한 재야 사학자들에 의해 고조선은 요동에 있었고 한사군 역시 발해만 위쪽에 있었다는 것이 밝혀졌다.

고구려가 흑룡강에서부터 만리장성 동쪽까지 광활한 강역을 지배했다는 사실을 식민 사학자들은 인정하지 않는다. 그래서 국정교과서에서는 없었고 검인정교과서에는 실렸다.

강단 학자들은 임나일본부가 200년간 한반도를 지배했다는 허황된 사실을 비판하는 민족 사학자들을 오히려 뿌리와 근거 없다고 배척한다. 항일독립군 투쟁사는 식민사학자들에겐 금기의 대상이다.

객관적인 자료가 부족하다는 이유를 달지만 실은 식민 사관에 도전하는 행위이니 인정하고 싶지 않은 일이다. 그러니 재야 사학자들은 정부 지원의 학술지에 논문 게재도 거부되고 연구비도 받기 어려운 상황 속에 있다.

광복 70주년을 맞이하고 있는 오늘에도 역사는 해방되지 못하고 식민 사관에 묶여있다.

민족사학의 선구자인 신채호는 '역사를 잊은 민족에게 미래는 없다'고 했다. 잃어버린 역사를 되찾아야 하는데 정부는 수수방관하고 있다. 오히려 막대한 혈세를 쓰며 역사를 팔아먹고 있는 꼴이다.

검인정교과서 8종 중 7종이 그래도 객관적 자료에 바탕하고 있어서 대부분의 학교에서 이를 채택했다. 국정교과서를 주장하는 사학자들이나, 정부의 견해에서 보면 못마땅한 점이 많다.

4·19는 혁명이고 5·16은 쿠데타로 규정한 게 마음에 안 든다. 5·16도 많은 사람들이 호응했으니 혁명으로 고치고 싶으리라. 집권자의 관점에서 역사를 쓰면 미화되고 왜곡됐던 게 작금의 현실이다.

역사적 사실도 보는 시각에 따라 달리 해석되기 때문이다. 역사교과서가 국정화되면 위험한 이유다.

*「제주논단」(제주일보, 2015년 9월 23일 자) 게재

중국의 속셈 두고만 볼 것인가

　고구려 관련 작품을 구상하고 집필하던 중에 마침 중앙의
어느 문학단체에서 고구려 유적지를 탐방하는 프로그램이
있어 중국을 다녀왔다.

　사실 우리가 교과서에서 배운 우리나라 상고사는 일제의
식민사관에 의해 조작된 역사라는 것은 널리 알려진 사실이
었지만 고구려 역사가 중국과 일본에 의해 심각하게 왜곡되
었다는 것은 자료를 분석하는 중에 알게 된 사실이다.

　일본은 만주와 한반도 식민 지배를 광개토대왕비를 훼손
하면서까지 합리화하려 했다. 중국은 4천 년 전의 황하문명
을 아시아 최초의 문명이라 주장했고 우리의 역사 교과서에
서도 세계 4대 문명발상지로 가르치고 있다.

　그러나 발해만 위쪽 옛 고구려 땅의 유적을 발굴하면서 황
하문명보다 1천 년이나 빠른 신석기 시대에 환인이 세운 환
국이라는 나라의 흥륭와(興隆洼)문화가 있었다는 것이 밝혀
졌다. 또한 환웅이 세운 배달국에 홍산(紅山)문화가 있었다
는 것이 1954년에야 알려졌다.

　홍산은 내몽골 동북쪽의 붉은 산을 말하는데 여기서 신석

기 시대 유물과 청동기, 옥기 등이 쏟아져 나왔는데 이는 중국의 유물과 다른 동이족의 문화였다.

중국의 조상인 한족은 자신 이외의 주변 국가들을 다 오랑캐라고 하여 폄훼하며 우리 선조를 '동이'라 하였지만, 우리는 밝달 또는 배달족이었다. 해가 비치는 땅이라는 뜻으로 조선이라는 말과 같다.

일본은 단군신화를 신화이기 때문에 역사로 인정하지 않았지만 홍산문화 속에 버젓이 그 유물이 남아 있는 역사적 사실을 그 당시에는 몰랐다. 또한 우리의 역사를 한반도 내로 한정시키기 위해 역사서에 남아 있는 한사군의 위치를 대동강을 중심으로 비정했고 강단사학자들은 교과서에 그대로 적었다.

하지만 중국의 고대 역사서를 번역 분석한 결과 그 위치가 환국과 배달국, 단군조선과 고구려가 자리 잡았던 압록강 북쪽 만주를 포함한 홍산문화 권역이라는 사실이 드러났다.

동이족의 문화가 황하문명의 뿌리였고, 고구려가 북경까지 지배했던 사실들이 중국의 고대 역사서에서 드러나자 우리의 역사를 빼앗아 자신들의 역사로 둔갑시키기 위한 게 2002년부터 시작된 동북공정이다.

즉 부여, 고구려, 발해가 활동했던 요녕성, 길림성, 흑룡강성 등 동북3성의 역사를 당시 중국정부의 통치하에 있던 지방정부의 역사로 편입시키기 위한 게 '동북변경의 역사와 현상에 대한 연속 연구공정'이다.

땅을 빼앗더니 민족의 혼이 담긴 역사마저 갈취하려고 하고 있다. 그러한 중국의 낯 두꺼운 민낯의 단편을 이번 여행을 통해서도 확인할 수 있었다.

사진으로만 봐 왔던 그 웅장한 광개토대왕릉은 간 곳이 없고 무너져 내린 돌무더기와 내부를 지탱하던 얼굴만 한 돌덩이가 빠져 내려 관광로 발아래까지 나뒹구는 모습을 보며 충격을 받았다.

누군가 배달민족의 웅혼한 기상의 상징인 이 적석층 왕릉 중간의 돌들을 빼내며 훼손하기 시작했고 세월의 흐름에 서서히 무너져 내려앉았다. 그걸 보수하거나 복구할 의사는 전혀 없어 보였다. 오히려 그 역사의 증거물이 사라지기를 바라는 것이 아닌지 의심이 들었다.

우리 일행은 그 유적 앞에서 기념사진을 찍으려고 준비해 간 현수막을 펼치려 했으나 그것마저 용납하지 않았다. 현수막을 펼치면 기백만 원의 벌금을 내야 한다는 가이드의 말에 동북공정이 진행형임을 실감했다. 이런 실정을 우리나라 관리들은 알고 있을 텐데 무얼 하는 건가?

중국인들의 땅 투기가 한창이다. 후세 어떤 결과를 가져올 것이란 걸 정말 모르지는 않을 텐데 대체 어쩌자는 것인가.

* 「제주논단」(제주일보. 2015년 8월 24일 자) 게재

현대사회에도 신언서판은 유효하다

중국 당나라 때 인재 등용 조건은 신언서판(身言書判)이었다. 한데 요즘 정부 고위직 관리 인사검증 청문회를 보면서 이 신언서판의 의미를 다시 생각하게 한다.

이를 현대적으로 해석해보자. 신(身)은 신수, 용모를 뜻하나 요즘 말로 첫인상이라 해석할 수 있겠다. 첫인상의 중요성을 초두효과(Primacy Effect)로 설명하는데 처음 들은 정보가 나중에 들은 정보보다 강력한 영향을 미친다는 것이다. 처음에 좋은 인상을 준 사람은 이미 뇌리에 깊게 각인되어 남이 그를 나쁘게 평가해도 믿지 않는다는 말이다.

어느 대통령의 수첩에 적힌 인물들, 그래서 고위 관리로 낙점받은 사람들은 그런 초두효과의 영향으로 인간됨과 과실을 모른 채 낙점받았지만, 사회적 물의를 일으키며 낙마했다.

그래서 사기꾼일 수록 고급차를 타고 다니고 명품 브랜드로 자신을 치장한다. 현대의 선거도 홍보물에 나타난 후보자의 사진만 보고 지지자를 선택하는 이미지 효과의 영향을 많이 받는다.

다음으로 언(言)은 그 사람의 평소에 한 말과 글이다. 말과 글은 그 사람의 세계관 인생관 곧 그 사람 정체성을 드러낸다. 언론인 출신 모 인사가 총리 후보로 추천을 받았지만, 과거에 행한 글과 말 때문에 결국 낙마하지 않았던가. 말 한마디 때문에 인간관계에 금이 가고 필화로 인하여 역사의 죄인으로 낙인찍힌 사람이 어디 한둘인가? 말과 글을 삼가해서 신중히 하는 것은 옛 선비들의 신조였다.

서(書)는 지식을 말하는데 요즘 말로 어느 분야의 전문가를 뜻한다. 그러나 오늘날 박학다식이 취업이나 인생 지침의 충분조건은 되지만 성공의 필요조건은 아닌 듯하다. 젊음과 열정을 바치고 많은 돈을 들여 박사학위를 땄어도 취업 안 되어 백수 신세를 면하지 못하는 사람이 얼마나 많은가?

또 곡학아세의 처신으로 망신을 당하거나 손가락질을 받는 사람은 또 얼마나 많은가? 어느 분야의 대가가 되었어도 그 사회 구성원들로부터 따돌림을 받거나 질시를 받게 되면, 그 전문지식은 취업이나 출세의 장애가 되는 게 오늘 우리 사회의 현실이다.

마지막으로 판(判)은 사물의 이치를 깨우쳐 아는 판단력을 말한다. 이 판단력은 처신의 문제다. 대법관 출신의 총리 후보가 전관예우를 받아 짧은 기간에 범부들이 상상조차 할 수 없는 엄청난 수당을 받은 것이나, 교육부장관 후보가 제자 논문을 자기 것인 양 사용해서 연구수당을 받아먹고 승진의 자료로 사용했다가 낙마한 것 등은 판단력이 잘못됐기 때문이다.

자신이 차마 정부 고위관리가 될 줄 모르고 탈세를 하고 위장전입을 하여 폭리를 취하고 이권에 개입해 경제적인 부를 취득했다면 자업자득인 꼴이다. 출세에 눈이 멀어 자신의 과실도 모르세로 덮으려는 꼴이 가관이다.

평상시에 보수 정부를 득달같이 공격하며 진보 논객을 자처하던 사람이 정부의 부름을 받자 하루아침에 자신의 정체성이나 지조도 버리고 정부의 홍위병 노릇을 하던 사람들의 말로는 멜로드라마의 종말을 보듯 매우 익숙한 광경이 되었다.

권부에 있던 사람들의 위세가 크면 클수록 권좌에서 내려온 후에 원성과 죄값은 비례한다. 주민들의 반대에도 불구하고 밀어붙인 잘못된 정책으로 늘어난 부채와 파괴된 자연환경과 이미 외국인에게 팔아넘긴 부동산과 고통받은 사람들에 대한 보상은 누가 어떻게 책임질 것인가?

현대사회는 인간관계망에 의해 움직인다. 위정자들은 네트워크를 이용해 줄을 대고 욕망의 에스컬레이터를 타려고 한다. 하지만 지도자가 되려는 사람은 늘 자신을 살피고 내려갈 길을 생각해야 한다. 그러지 못할 바엔 아예 나서지 않음이 말년의 행복을 담보하는 현명한 길이다.

* 「제주논단」 (제주일보. 2014년 7월 21일 자) 게재

제주지역 문화활성화를 위한 문화정책 시스템의 보완

UCLG(세계지방정부연합) 세계문화정상회의 제주세션 발제문
2017년 5월 12일 제주문예회관소극장

서

가. 시대적 배경

역사적으로 최고 권력자의 취향이나 관심에 따라 문화 환경은 영화와 쇠락의 부침을 거듭해 왔다. 조선조 때만 해도 문화에 관심이 많았던 영정조시대가 문예부흥기로 불렸다.

2012년 주5일제 근무가 전면 시행되면서 여가 시간이 늘어나고 이를 창조경제와 맞물려 박근혜 정부는 '문화융성'을 국정과제로 내걸었다. 문화기본법과 시행령을 만들고, 대통령 직속자문기구인 문화융성위원회에서 8대 과제를 만들었다. 그런 취지에서 매월 마지막 주 수요일을 '문화가 있는 날'로 정하여 지속적으로 진행하면서 문화를 일반 대중들에

게 파급확산 하는 데 노력하였다. 하나 정작 문화예술인사 블랙리스트를 만들어 통제의 수단으로 삼으면서 그 빛이 바랬고 결국 탄핵이라는 철퇴를 맞기도 했다.

원희룡 도정이 '자연, 문화, 사람의 가치를 키우는 제주'라는 도정과제를 내걸면서, 제주문화예술위원회를 만들고 협치를 강조하면서 현장 예술인들의 목소리를 경청하려 노력하고 있다. 특히 원 도정은 문화 부문에 대한 구체적인 6가지 공약을 내세워 산지천 탐라문화광장 조성, 제주문학관 건립 기초연구용역 채택 등 가시적인 성과를 내고 있다.

나. 과제와 문제점

이러한 도내외의 문화적 분위기에 편승하여 대학을 비롯한 각종 문화단체의 시민을 대상으로 한 문화강좌 편성과 작은 도서관, 마을회관, 문화의 집 등 지역문화센터를 활용한 문화예술 강좌에도 많은 시민들이 참여하여 문화 향유권을 누리고 있다.

그러나 이러한 문화적 행위와 영역이 제주시 편향적으로 이루어지고 있고 개인적 범주, 혹은 동호회 활동에 머무르고 있어 이를 활성화할 대책이 필요하다. 이를 위해서는 개별 문화예술단체의 역할보다도 기존 문화예술정책 시스템을 재편 또는 보완할 필요가 있다. 특히 4차 산업혁명 시대에 문화예술진흥에 대한 새로운 정책 패러다임이 필요한 때다.

다. 대응전략

문화적 지형과 환경이 변하고 있다. 최근 1년에 1만 명이 넘는 이주자들이 제주에 둥지를 틀고 있다. 문화이주자의 다양화, 다문화가정의 확산으로 제주도에 걸맞은 문화정책이 필요하다. 이에 맞게 문화정책과 시스템도 대응전략을 세워야 한다. 본고에서는 문화예술 컨트롤 타워와 컨설팅 역할을 할 문화정책기획실의 신설과 예술동아리 네트워크를 활용한 지원과 활성화의 구심체 역할을 할 생활예술매개자(FA, Facilitating Artist)의 양성과 생활문화예술협의회의 창설을 위주로 제안을 하고자 한다.

2. 문화 환경의 대내외적 변화

가. 문화기본법과 문화향유권

2013년 12월 제정된 문화기본법은 모든 시민이 문화를 누릴 권리를 밝히고 문화의 가치를 사회영역 전반에 확산시켜 국민의 삶의 질을 높이며, 문화격차 해소를 통해 모든 국민이 문화로 행복한 사회적 분위기를 조성하기 위하여 국민의 문화적 권리와 국가의 책무 등을 명시하는 법률을 제정함을 밝히고 있다. 문화기본법은 국민이 당연히 누려야 할 문화향유의 권리를 밝히는 것이다.

나. 지원정책의 변화와 협치 시대

근래에 들어 문화지원 정책의 큰 변화의 흐름이 있다. 과거 예술가들을 직접 지원하는 공급자 지원 원칙에서 창작공간을 지원하는 레지던시, 공연장, 전시실 대관 등 창작공간을 확보해주는 매개 영역으로 지원정책이 전환됐다.

또한 최근에는 예술단체 및 예술가 지원 위주 정책에서 수요자 중심 정책에 포커스를 맞추고 있다. 그래서 소외 지역과 생활예술에 대한 프로그램과 예산지원이 늘어나는 추세다.

지방화 시대에 맞춰 문화예술위원회가 추진해오던 핵심 사업들은 지역협력형 사업이라는 이름으로 각 시도로 이관되고 있는데 지원의 효율성 차원에서 대부분 문화예술재단이 맡고 있다. 또한 금년부터는 단체나 개인에게 주는 모든 국가 보조금을 기획재정부가 직접 관리하는 형태로 바뀌었다.

전체적으로 보면 중앙정부, 예술위원회, 지방정부, 지역문화재단 4개 지원 주체가 각기 정책을 협력 분담하는 한국형 협치 시대가 열리고 있다.

원희룡 도정이 출범하면서 협치를 강조하고 있다. 따라서 문화정책도 민관이 함께 참여하는 협치의 방향으로 바뀌고 있다.

다. 지원 방법의 다양화

문화예술에 대한 정부의 지원재정은 크게 두 가지로 나눌 수 있다. 국가보조금과 지방자치단체 부담금이다. 1대1의 매칭시스템이다. 즉 국가에서 1억 원을 내면 지자체에서도 1억 원을 내놓아 지원한다. 이런 상황에 따라 지방정부는 지원을 받는 예술단체나 예술인들에게 50%의 자부담을 지도록 했으나 최근 제주문화예술재단의 경우 자부담을 전부 없앴다. 예술인들의 재정 부담이 그만큼 덜어졌다.

과거에는 예술단체나 예술인, 교육프로그램에 대한 지원이 중앙의 문화예술위원회와 지방정부 또는 지역문화재단을 통하여 이루어졌다면 지금은 지역문화재단이나 공모를 통한 문화원 등 지역문화단체를 통하여 지원한다.

또한 과거 지역문화재단의 역할이 지원사업 중심이었다면 근래에 와서는 문예진흥사업과 정책기능 외에 전문적 문화예술교육사업과 문화복지사업, 예술창작공간조성사업들로 사업영역이 다양화되고 있다.

3. 문화정책기획실의 신설

가. 기존 문화정책 시스템의 한계

현재 제주도의 문화행정체계는 문화체육대외협력국 산하

에 문화정책과가 담당하고 있는데 여기에는 문화정책, 문화산업, 문화예술, 종교, 김창렬미술관 담당으로 나뉘어 있다. 이들은 주로 담당사업에 대한 실무 추진이나 행정 지원을 할 뿐 문화정책을 기획하고 총괄할 전문가들은 아니다.

도 산하에 문화예술위원회가 있지만, 이 구성원들은 문화예술 행정 사업에 대한 협의와 조언을 하지만 경영과 기획에 있어 전문가 그룹은 아니다. 또한 제주문화예술재단이 있지만 이사회의 역할 역시 실무자들이 만든 사업만 다룰 뿐 새로운 사업을 계획하거나 창의적인 사업을 제안 컨설팅해줄 기구는 못 된다.

나. 컨설팅 조직의 기능

문화의 세기, 문화의 도시에 밀려드는 각종 문화예술과제를 해결하기 위해서는 제주문화예술정책을 컨설팅하고 총괄할 컨트럴 타워가 필요하다. 여기에 현실감각을 갖추고 현장성을 갖춘 젊은 인재들로 '문화정책기획실'을 만들 필요가 있다.

이 기획실은 풍부한 현장 경험과 예술 경영에 대한 전문적인 식견을 갖춘 사람 10인 이내로 구성하되 도지사나 문화예술재단이사장 산하 기구로 단순한 자문과 협의기구가 아닌 실무를 겸비한 컨설팅 팀이어야 한다.

정기적인 회합을 통해 국책문화사업, 4차산업시대를 대비한 제주문화예술의 중장기계획, 원 도정의 문화예술부문 공약인 문화콘텐츠산업육성 계획, 문화예술의 섬 환경조성 계획, 문화예술거리 활성화사업, 공연산업 활성화계획 등의 세부적인 아이디어와 설계도를 만들어야 한다.

다. 컨설팅 팀의 역할

이 컨설팅 팀은 문화예술 전반에 대한 싱크 탱크의 역할을 하며 마을 축제의 기획이나 각종 문화예술행사에 대한 컨설팅에 자문하게 한다면 지역문화는 체계적으로 활성화될 수 있다. 이렇게 함으로써 예술가들의 도정참여 기회를 주면서 협치의 정신도 살릴 수 있다.

문화정책기획실의 역할은 이것만이 아니다.

제주 지역의 문화예술지형을 보면 어느 지역은 민요나 민속놀이에 특장이 있고, 어느 지역은 시인들이 많고, 어느 지역은 전통적으로 서예가들이 많으며, 또 어떤 지역에는 영화에 대한 관심이 많다. 이처럼 읍면동별 특장장르를 찾아내어 지원하는 컨설팅 작업도 필요하다.

요즘처럼 이주민들이나 다문화가정이 정착한 지역마을에선 제주도의 정체성이 사라지고 있다는 소리도 들린다.

그러나 이들도 엄연한 제주도민이다. 이들을 아우르고 제주인으로서의 동질성을 가지게 하는 것도 문화예술교육이 가장 효율적이고 유용한 방안이라고 본다. 이들을 위한 제주어교육, 제주역사바로알기 등도 읍면동별 강사를 파견하여 원하는 사람에게 제주를 알 수 있게 하는 방안도 만들어야 한다. 그러한 교육콘텐츠나 수업 모형, 장단기 프로그램을 설계하는 것도 문화정책기획실이 할 일이다.

이주민들 중에는 대중에게 널리 알려진 예술인들도 많다. 이들을 찾아내어 지속적으로 활동하도록 지원하고 지역사회 주민들과 화합하면서, 제주 사회에 공헌할 방안을 찾아내는 것도 문화정책기획실의 몫이다.

4. 생활문화예술협의회의 창립

가. 배경과 필요성

앞에서 본 바와 같이 정부의 문화예술에 대한 지원정책이 공급자 중심에서 향유자 중심으로 바뀌면서 동기부여 받은 자들이 이제 컨슈머(공급자이며 수요자)가 되는 상황에 이르렀다.

요즘 문화를 향유하는 형태나 양상을 보면 아주 다양하다. 여가 시간을 체육활동으로 보내는 사람이 있는가 하면 문화 강좌 등을 통하여 예술 활동에 관심을 두고 활동하는 사람들도 많다. 시 창작 강의를 듣거나, 동화구연을 배우거나, 서예를 쓰고 그림을 그린다든지, 주부연극반에 참여한다든지, 색소폰을 배운다든지 하는 사람들은 전문가가 되기 위함보다도 자기만족이나 자기개발을 위한 과정으로 생각하는 사람이 많다.

그러나 정작 배워놓고도 그 소질을 발휘할 기회가 없어 성취욕구가 반감되는 경우를 주변에서 많이 보게 된다. 요즘은 그나마 많이 나아져서 동아리를 만들고 활동계획서를 시의 담당 부서에 신청하면 약간의 지원금도 나온다고 들었다.

생활문화예술을 확산하고 활성화하려면 이들의 활동을 유기적으로 지원할 구심체가 필요하다. 기존의 예총이나 민예총이 전문예술가를 위한 단체라면 생활체육처럼 생활예술을 위한 단체도 필요하다. 이들을 활용하여 문화를 더욱 확산시킬 방안이 가칭 생활문화예술협의회의 창립이다.

전문가 중심이 아닌 아마추어 예술동호인들의 활동을 매개해주는 생활예술매개자를 중심으로 한 단체다. 이는 기존의 종합예술단체와 상충적 관계가 아니라 상호 보완하며 윈윈할 수 있다. 기존의 예술가들은 경험과 기술을 전수하고 동호인들은 전문가들의 후원자가 될 수 있는 구조로 운영될 수 있다.

나. 생활예술매개자의 기능과 역할

생활예술매개자들은 시민의 예술활동을 촉진하는 전문가를 말하는데 이들은 각 마을의 인적자원, 공간 자원, 기획과 홍보매개제를 말한다. 예를 들면 색소폰을 취미로 하는 사람들을 발굴하여 연습공간을 마련해 준다든지, 클래식이나 가요를 좋아하는 사람들을 온라인 카페를 활용하여 대화 서클을 운영한다든지, 동네 개인 집의 거실을 이용하여 음악 감상이나 시낭송들을 개최하고 대화를 하도록 기획하고 홍보하는 것이 그들의 역할이다.

마을마다 조직된 예술 관련 동아리들을 네트워크화 하면 동아리 간 예술융합을 시도할 수 있다. 가령 민요반과 제주어 학습반이 공동 무대를 만든다든지, 색소폰 공연에 문학동아리가 협연할 수도 있겠고, 문학동아리 행사에 동화구연반이나 악기동호회 등이 협찬할 수도 있겠고, 각종 악기연주자들을 모아 악단을 운영할 수도 있다.

이들을 활용하면 마을축제가 한층 더 다양해질 수도 있다.

생활문화예술협의회는 이들 생활예술매개자들을 교육하여 양성하는 일이나 필요로 하는 각 지역에 전문가를 파견하여 그들의 예술 활동을 지원한다. 지금 시행되고 있는 방과후학교 강사 중에서 각 분야의 우수 전문 강사들을 선정하여 지역으로 파견하여 각종 예술강좌를 개설할 수도 있다.

그리고 몇몇 이웃 간 예술활동의 개최, 마을별 생활문화예술제를 개최하고 일 년에 한 번쯤은 전도의 예술동호인들을 대상으로 생활문화예술축제를 시행할 수도 있다.

다. 조직 간 네트워크

동네별, 장르별 동아리를 만들어 주는 게 우선이다. 제주도는 지역마다 문화예술 인프라가 잘 구성되어 있으므로 이를 잘 활용하면 금세 활성화가 이루어질 수 있다. 가령 읍면동 별 가요동아리, 스토리텔링 동아리, 문학창작 동아리, 민속놀이동아리 등 예술동아리를 만들고 이들을 생활문화예술협의회가 네트워크로 연결하여 지원할 수 있다.

5. 결

마을이나 도시의 품격은 문화의 수준에서 결정된다. 문화기본권이 제정되면서 문화를 즐기는 것은 권리가 되었다. 그리고 수준 높은 문화를 향유하려는 시민들이 많아졌지만 동기부여가 없으면 욕구마저 생기기 어렵다.

특히 제주시에 편중된 문화예술행사가 농어촌 지역으로까지 파급되어야 한다. 이를 위해서 마을마다 문화예술동아리 조직이 필요하며 또 이들을 네트워크로 연결하여 유기적이고 체계적인 지원이 필요하다. 그래서 생활문화예술협의회가 필요하며, 그런 계획을 설계하고 지원할 컨설팅 팀이 있어야 한다.

관민이 함께하는 협치의 문화행정이 이루어지고 도민들이 문화예술로 즐거운 나날이 된다면 아름다운 풍광과 함께 제주는 살고 싶은 품격 높은 도시로 거듭날 수 있을 것이다.

새로운 정부가 탄생했다. 새 대통령은 부디 문화를 사랑하고 진심으로 예술인을 아끼고 지원하는 대통령이 되길 기대한다.

베트남 꽝아이의 한국군 증오비

'전쟁을 경험하지 못한 사람은 전쟁을 구경거리로 삼는다. 전쟁에 직접 뛰어든 사람에게는 참화다. 살아남은 자에겐 고통이 있고 시간이 상처를 덮도록 도와주었다. 잊을 수 없었다면 죽었을 것이다' 베트남 전쟁에 월맹군으로 참전한 『전쟁의 슬픔』의 작가 바오닌의 말이다.

제주문학의 집 주관으로 제주–꽝아이성 예술문학 교류 프로그램에 참여한 제주문인협회와 제주작가회의 작가 30명은 1월 3일부터 일주일간 베트남을 방문하여 시낭송 교류를 하고 공동 시집 출판기념회도 가졌다.

꽝아이성 반호아는 주월 한국군이 1968년 1월 5개 마을에서 민간인 430명 학살한 곳으로 한국군을 저주하는 증오비가 세워진 곳이다. 이러한 사실이 처음 세상에 알려진 것은 반호아에 머물던 영국 작가에 의해선데, 그는 '반호아'란 소설을 쓰고 그 수익금으로 422명의 희생자 명단을 새긴 위령비를 세웠다.

한국에선 1999년 당시 호치민 시에서 공부하던 구수정 씨에 의해 언론에 알려졌다. 이에 건강사회를 위한 치과의사회에서 지원 의사를 밝혔으나 반호아 마을 사람들은 한국인의 마을 접근은 물론 온정을 거부했다고 한다.

차라리 미군에게 당했으면 보상이라도 받을 텐데 한국군의 만행이 저주스럽다고 해서 그들은 증오비를 세웠다. 거기엔 '하늘에 가 닿을 죄악 만대를 기억하리라.'란 비명이 쓰였고, 살아남은 자들은 자손들에게 '아가야 이 말을 기억하거라, 적들이 우리를 포탄 구덩이에 몰아놓고 다 쏘아 죽였단다. 아가야 너는 커서도 꼭 이 말을 기억하거라.'란 자장가를 불렀다.

처음 반호아를 방문한 한국 젊은이들은 인구 2만인 마을에 학교가 없어 한국 정부에 학교 설치를 요청했으나 회신이 없었다고 했다. 그 후 미국에서 병원과 학교를 건설했는데 의사가 없어 한국의 의사, 한의사, 치과 의사로 베트남 의료봉사단을 결성하여 2년을 봉사하면서 그들의 마음을 여는 데 앞장섰다. 그리고 뜻 있는 한국 젊은이들이 '나와 우리'라는 시민단체를 조직하여 반호아 초등학교에 장학사업부터 시작하여 가족과 친지를 잃은 어린아이들의 슬픔과 아픔을 조금이라도 위로하고자 했다.

지금은 김만덕 재단에서 초등학교와 중학교를 설립했고 제주의 각종 단체와 학교에서 자매결연을 맺어 정기적으로 반호아를 방문하여 주민들을 지원하고 있으며, 두산 그룹 계열 공장이 들어서 반호아 젊은이들이 취업을 도우면서 한국인에 대한 증오심이 많이 풀린 상태지만 아직도 한국인이 마을 깊숙이 들어가는 것은 제한하고 있다.

우리 일행은 포탄 구덩이에 민간인을 몰아놓고 학살했다

는 현장을 방문하여 향을 사르고, 그 옆에 세워진 증오비 앞에도 꽃을 올렸다. 그 민간인 학살이 제주의 북촌리 사건을 연상하게 하였고, 그래서 제주 문인들이 몇 년 전부터 그곳 문인들과 자매결연을 하여 정기적으로 방문한다는 사실도 이번에야 알았다.

이번 교류 프로그램을 통해서 바오닌 작가, 『말라이 아이들』이라는 장편 서사시를 쓴 종군 기자 출신의 탄타오 시인을 만났다. 그리고 말라이 학살에서 살아남은 말라이 박물관장과 반호아 출신으로 한 살 나이에 포탄 구덩이에 묻혀서 빗물에 스며든 화약에 두 눈이 먼 생존자를 만나 그들의 가슴 먹먹한 사연을 들었다.

집단적 광기의 충격이 오랫동안 뇌리에 남아 여행 내내 마음이 편치 못했다. 꽝아이성 문학예술위원회에선 우리 문인 일행을 민간사절처럼 대우하면서 증오비(憎惡碑)는 있지만, 증오는 없다는 말로 오히려 우리를 위로하려 했다.

그들의 마음이 사랑으로 가득 차 증오비가 철거될 때 진정한 화해와 평화가 이루어지기를 기원한다. 제주 문인들은 문학으로 화해가 이루어지는 그 날까지 교류를 계속할 것이다.

* 「제주논단」(제주일보, 2015년 1월 14일 자) 게재

야간 문화관광 활성화를 위한 총체극 프로젝트

제주특별자치도가 올해 천만 관광객 시대를 맞이하기 위하여 '튼튼한 관광제주 만들기' 프로젝트를 시행하고 있다는 걸 언론에서 들은 적이 있다. 거기에는 2백만 외국인 유치계획도 들어 있다.

근래에 체험관광을 위한 올레코스가 생겨서 내국인들도 자주 제주를 찾는다. 그런데 이들이 주로 하는 말 가운데 하나가 야간 문화관광 상품이 빈약하다는 것이다. 사실 우리가 외국을 여행해 봐도 그렇다. 해지기 전 숙소로 가는 법이 없다. 야간 관광이 꼭 포함되어 있다.

얼마 전 제주도의 재정 지원을 받은 단체가 제주를 상징하는 오페라 작품을 만들어 상품화하겠다는 야심찬 계획을 마련하고 준비 중에 있다는 소식을 접했다. 고급예술도 중요하고 순수예술도 당연히 진작해야 할 일이니 아주 반갑고 박수를 보낼 일이다.

그러나 대다수 향유 계층의 욕구충족을 위해서 남녀노소 누구나 쉽게 즐길 수 있는 대중적인 작품도 필요하다. 200만

외국인 관광객 중에 중국인이 가장 많다고 한다면 이들을 겨냥한 예술상품도 필요하지 않을까.

중국을 관광하게 되면 꼭 거치는 곳이 가무극 공연장이다. 필자가 항주를 여행할 때 '송성천고정'이라는 송나라 역사와 현재를 잇는 가무쇼를 구경한 적이 있다.

무대 위에 눈비가 내리고 폭포수가 떨어지고 성이 불타는 등 스펙타클한 장면을 연출하여 관람객들의 입을 다물지 못하게 한 공연이었다. 가이드 말에 의하면 예약하지 않으면, 관극을 못할 정도로 인기가 있어 입소문을 타고 관광객들이 줄을 잇는다고 한다. 연중 무휴로 1일 4회 공연하는데 3000여 석의 객석이 항상 만원이란다. 입장료도 만만치 않아 하루 수익이 엄청날 것으로 짐작됐다.

심천을 여행할 때 본 총체극 또한 야외극장이었는데 코끼리까지 등장하고 레이저 조명 속에 공중 부양하듯 춤추는 장면은 지금도 잊지 않는 감동을 안고 있다. 공연이 끝나고도 충격받은 마음을 한참이나 진정하기 어려웠다. 공연내용에 만족하지 못한 관객들은 찾을 수 없었다. 극장을 나오면서 제주에서 온 여행자들은 한마디씩 한다.

왜 우리는 저런 것을 못 만드나?

제주는 신화, 무속, 민요, 수난의 역사 등 소재가 풍부해 더 좋은 조건을 가지고 있다. 이제 제주 특유의 노래와 춤,

아크로바틱, 마상무예, 영상과 레이저 등을 혼합한 총체극을 제작할 때가 되었다. 중국을 흉내내는 것이 아니라 우리가 더 알찬 내용으로 제주에서만 볼 수 있는 좋은 작품을 만든다면 감동이 살아있는 제주관광이 될 것이고 관광객을 유인할 좋은 매개체가 될 수 있다.

상설공연장을 건립하여 연중 공연하면 독특한 제주문화의 명소가 될 것이다. 문제는 공연장 건립과 작품 제작에 들어가는 막대한 재정인데 이는 도백이 결단만 내리면 능히 해결할 수 있다. 사회기반시설에 대한 민간투자법 중 BTR(민간이 투자 및 건설을 담당하고 주무 관청이 시설을 운영하는 방식)방식을 활용하면 능히 해결할 수 있는 문제다.

이 총체극 프로젝트는 부가가치가 큰 사업이다. 초기에 작품제작비, 인건비가 많이 소요되겠지만 한 번 제작되면 입장료 수익으로 자체 운영이 가능할 뿐 아니라 부대사업 수익도 무시할 수 없는 규모가 된다.

이 작품에 참여하는 출연자와 스텝이 대부분 청년들이어서 청년 일자리 창출에도 많은 기여를 할 수 있고 공연장이 건립 지역에 따라 새로운 상권이 형성될 수 있다.

요즘같이 경제가 어렵고 일자리가 부족한 때에 블루오션 상품으로 도전을 해 봐야 하지 않겠는가.

* 「제주논단」(제주일보, 2013년 7월 17일 자) 게재

문학의 옹달샘

문학으로 무엇을 할 수 있는가

매슬로우의 욕구 단계 이론에 의하면 생리적, 안전의 욕구가 채워져야 상위 단계의 욕구가 생긴다고 한다. 우리가 소설가라는 이름으로 작품을 발표하고 한국소설가협회에 가입한 것도 사회적 욕구와 자기존중의 욕구를 거쳐 최상의 단계인 자아실현의 욕구 때문이라는 논리다.

제주문학관은 코로나로 엄중한 상황인 2021년 10월 개관하여 겨우 6개월이 지났다. 거리두기가 해제되고 날씨가 따뜻해지면서 문학관을 찾는 사람들이 부쩍 늘었다. 이도 자아실현의 욕구 층이 늘어났다는 방증이 아닐까?

그런데 아직도 문학관이 왜 필요한지, 뭐하는 곳인지 묻는 사람이 꽤 있다.

문학관은 단순히 박물관처럼 문학 사료를 수집, 보관하거나 전시하는 공간만도 아니고 도서관처럼 도서를 열람하는 공간만도 아니다. 문학관은 분류상 박물관에 속하지만, 그 기능은 박물관과 도서관 기능의 일부에 '생산'과 '광장'이라는 특수한 역할까지 담당하고 있다.

선대 문인들이 남겨놓은 문학 사료를 수집하고 풍화 변질

되는 것을 방지하기 위하여 수장고에 보존한다. 그리고 필요
한 학자들에게 연구물 자료로 열람 제공되고 그 결과물들을
세미나나 심포지엄을 통하여 발표하고 책자로 발간한다. 이
런 일련의 과정을 주도하고 지원하며, 지속적인 과업수행을
위해 부설 문학연구소를 운영하기도 한다.

또한 그 지역 문학의 역사나 문학 속에 흐르는 작가들의
사상과 가치관들을 재조명하기 위하여 많은 프로그램을 만
들어낸다. 그렇게 하여 박제화된 문학작품들에 생명을 불어
넣는 작업을 하는 곳이 문학관이다.

제주문학관은 신생 문학관이라, 모든 사업이나 프로그램
을 새롭게 만들어내야 했다. 학예사들도 처음 하는 일이고
도민들도 이런저런 프로그램에 호기심을 가지고 처음 참여
한다. 그중에서도 올봄부터 시작한 '제주문학아카데미'는 큰
인기를 끌고 있다.

제주 문학의 뿌리와 원천을 재제로 전문가들을 초빙하여
강좌를 만들었는데 수강접수 개시 이틀 만에 제한된 모집 인
원이 다 찼다.

'문학으로 만나는 제주'란 주제로 제주의 구비문학(신화, 전
설, 민담, 무속, 민요), 고전문학(유림, 기행, 유배), 제주어문학
(서정, 서사), 제주의 근현대문학, 제주4·3문학, 바당 문학
(해양, 해녀, 표류)과 현장답사의 내용으로 전, 후반기 각 12강
씩 24강을 계획하여 매주 1회씩 진행하고 있다.

제주문학관을 방문한 분들은 아시겠지만 제주문학은 한국

문학의 하위 개념이 아니라 한국을 대표할 수 있는 독립적인 독특한 구조로 되어 있다. 섬이라는 고립적 환경과 생존을 위한 자연과의 쟁투, 외부 침탈에 대항하는 역사적 토양에서 타지 어디에서도 볼 수 없는 장르들이 만들어졌다.

이들은 제주문학의 유니크한 정체성을 만든 자산들이다. 가령, 천지를 창조한 천지왕 신화, 제주를 창조한 설문대할망 신화는 구약 성경의 창세기, 그리스 신화 등과 비견할 수 있는, 제주가 우주의 중심이라는 제주인들의 세계관을 엿볼 수 있는 증좌다.

제주문학관은 매년 3회에 걸쳐 기획전시를 계획하고 있다. 1월에는 근현대 제주작가 회고전 시리즈, 4월을 기점으로 4·3기획전, 가을에는 특정 주제를 선정해 전시를 한다. 현재는 '사월의 기억, 사월의 말'이라는 주제로 소설가 오성찬 특별전이 열리고 있다.

아울러 제주문학관에서는 미래의 문학인을 발굴하고 문학인들의 재교육을 위한 프로그램도 운영하고 있다. 이미 동화작가를 위한 교육프로그램으로 함영연 작가를 초청하여 4월에 시행하여 5월까지 성황리에 끝냈고, 5월에는 임철우 작가를 초빙하여 소설 창작곳간 14강을 개설해서 8월까지 운영하고 있는데 문학애호가들의 반응이 뜨겁다.

앞으로 시, 시조, 희곡, 수필 등 전 장르에 걸쳐 중앙의 문인 혹은 전문가들을 모시고 강의를 개설하여 문학인구의 저변 확대와 신인 발굴에 촉매 역할을 하려고 한다.

아직은 시작에 불과하지만 집필실이 필요한 문인들을 위

해 제주문학관 내에 창작공간을 마련하여 2개월을 단위로 기별 여덟 명의 문인, 예비 작가들에게 제공하고 있다. 시범 시행하고 있는 이 창작공간은 내년에 중앙의 보조를 받아 타지에서 오는 문인들에게 원룸을 임대하여 숙소도 제공할 계획이다.

제주, 제주인을 소재나 배경으로 한 이년 내 전국에서 출판된 문학 작품집을 대상으로 '제주특별자치도문학상'을 시상하기 위한 조례도 이미 만들었고, 2023년부터 시행할 예정이다.

이밖에도 인기 있는 중앙 문인 초청 강연과 지역에서 활동하고 있는 문인들의 북 콘서트도 매달 정기적으로 시행하여 문인들과 문학 애호가들을 연결하는 사업도 펼치고 있다.

제주문학관은 문학의 이슈들을 선점하여 그 해결책을 연구하고, 문학인과 애호가들이 모여 토론하는 광장의 역할도 하려고 한다. 하반기에 한국문학의 이슈를 주제로 한 '제주문학관포럼'도 계획하고 있고, 10월에는 '제주문학난장'이라는 이벤트를 마련하여 타 예술장르와의 융합 프로그램도 펼친다.

자유롭게 드나들며 북 카페와 문학 살롱에 비치된 신간 문학 작품집과 장르별로 정리된 유명 작품집들을 조용하고 안락한 공간에서 읽을 수 있고, 만남과 대화도 나눌 수 있다.

이처럼 제주문학관은 문학작품이나 문학인들을 연구하여 재조명하고, 수집하고, 전시하고, 교육하고, 창작하고, 출판하고, 체험하고, 토론하고, 대화하고, 향유하고, 신인 작가나 우수한 작품을 발굴하여 시상하고 타 예술 장르와 협업하면서 문학의 부가가치를 확장 시키는 플랫폼의 역할을 하고 있다.

문학으로 무엇을 할 수 있는가? 문학관에 가면 그 답을 찾을 수 있을 것이다.

* 『한국소설』 2022년 6월호 권두언

제주에 부는 문학의 바람, '제주문학관'

제주문학관의 이름으로 꽃피운
제주문화의 집성체

문학은 문화의 꽃이자 예술의 심장이다.

문학 작품은 고귀한 인간 정신의 영롱한 산물임은 이미 잘 알려진 사실이다. 인간은 문학을 통하여 위로받고 미지의 세상을 만나며 문제를 해결하기도 한다. 문학관은 단순히 이런 문학 작품을 모아놓고 전시하는 공간적인 개념이 아니다. 이미 출간된 유용한 문학 자료를 수집하고, 연구하고, 문학을 향유하며 교육하고, 창작을 지원하는 등 문학과 관련된 모든 활동을 컨트롤하는 센터가 문학관이다.

2016년 제정된 문학진흥법에 따르면 문학진흥을 위한 사업과 활동을 지원하고, 문학 창작 및 향유와 관련한 국민의 활동을 증진함으로써 문학 발전에 이바지함을 목적으로 하고 있다. 문학진흥법 제3조에 국가와 지방자치단체의 책무를 밝히고 있는데 국가와 지방자치단체는 문학진흥에 관한 시책을 강구하고, 문학 창작 및 향유와 관련한 국민의 활동을 권장·보호·육성하도록 노력하여야 한다고 하고 있고, 제8조(비영리법인 또는 문학단체의 육성)에서는 국가와 지방자치단체는 문학진흥이나 문학 관련 학습활동을 지원할 목적으로 설립된 비영리법인이나 문학단체를 육성하기 위한 시책을 마련하여야 한다고 했다.

이렇게 볼 때 제주문학관은 지역 문화의 진흥을 도모하는 집합체이자, 지역문학 유산들을 후대에 전하는 매개체이며 지역문학의 정체성을 전 국민과 나누는 조직체가 될 것이다. 여기서 지역문학의 정체성은 독자적인 고유성을 말한다.

제주문학은 과거 절해고도라는 지리적 여건으로 인해, 고유한 형태의 문화가 발생하였고 전승되어 왔다. 그래서 타지역에서는 볼 수 없는 개벽신화(천지왕본풀이), 섬을 만든 여성 거인 창조신화(설문대할망신화), 탐라개국신화(삼성신화) 등이 있고 육지부와는 다른 민요, 전설 등 구비문학이 독특하다. 그리고 조선조에 나라에 중죄를 지어 유배되었던 선비들과 목관들이 남긴 유림문학, 제주어로 된 문학, 바다에 관련된 문학, 그리고 미군정하에서 벌어진 4·3을 배경으로 한 4·3문학, 피난지 문학 등은 제주만의 정체성을 드러낸 독특한 문학 자산들이다.

이런 점에서만 보아도 독창적이고 독자적인 제주문학은

한국문학의 하부구조가 아니라 독립구조로서 한국을 대표할 만한 문학이다. 이런 문학 유산들을 관리하고 문학으로 재생산하고, 교육과 연구를 통한 제주문학의 우수성을 널리 파급하고 향유하고 체험할 수 있는 제주문학관은 한국을 대표할 수 있는 전문 문학관으로 성장할 것이다.

'제주문학의 집'에서 '제주문학관'까지 십여 년의 여정

2000년 문화의 세기에 들어서면서 전국적으로 문학인들 사이에 문학관 설립이 화두가 되었다. 1992년 부산에 추리문학관이 처음 개관되면서 개인 문학관이 전국 각지에서 속속 들어서기 시작했으며 제주에서도 제주문학관 건립에 대한 논의가 공론화되기 시작했다.

2004년 '제주향토문화예술진흥중장기계획'에 공식적으로 제주문학관건립 계획이 확정되면서 2005년 제주문인협회와 제주작가회의 양 단체가 주체가 되어 제주문학관건립추진위원회를 출범시켰다.

2008년 제주도 예산에 제주문학관 건립기금 3억 원이 배정되었고, 2009년 제주도에서 제주문학관건립추진위원회를 재조직하여 공식 출범시키면서 제주문학관 건립 논의가 활기를 띠게 되었다. 그러나 3억 원이라는 예산은 문학관 건립을 위해서는 턱없이 모자라는 액수다. 행정 당국의 생각은 시골 폐교된 학교를 리모델링 해서 운영하라는 뜻이었는데, 제주문학인들은 그것으로 성이 찰 리 없었고 도심에 반듯한 문학관을 요구했다.

그래서 그 예산으로 사라봉 자락에 건물을 임대 리모델링하여 2010년 3월 '제주문학의 집'을 개관하였고, 제주문학관 건립 거점센터로 삼았다. 제주문학관이 건립되면 할 수 있는 북 카페와 교육프로그램들을 일부 운영하면서 제주문학관의 건립을 준비해온 것이다.

이후 건립추진위 주최의 토론회와 제주도의회 문화관광포럼에서 '제주문학관의 역할과 콘텐츠'라는 주제로 세미나를 진행했다.

2016년 제주문학관 건립 타당성 조사 용역비가 마련되었고, 제주대학교 탐라문화연구소에서 용역을 맡아 그해 11월 용역안을 제주도에 제출했다.

이를 바탕으로 2017년 제주도에서 '제주문학관건립추진위원회'를 재조직했고 이후 설계용역비가 마련되고, 여러 차례 시행착오와 우여곡절을 거치면서 건축용지가 현재의 제주시 연북로 339로 확정되었다.

국비를 확보하는 사업도 어려운 과제 중 하나였는데 당시 문화체육관광부 장관인 도종환 시인과 친분이 있는 문인들이 앞장서서 장관을 면담하여, 행정에서 따내지 못한 국비 38억 원(당시 총 공사액의 40%) 지원 약속을 받아냈다.

드디어 2020년 1월 제주문학관 기공의 첫 삽을 떴다. 제주 문학인들의 숙원이었던 제주 문학관은 추진위원회를 구성한 지 16년 만인 2021년 10월 23일 비로소 개관식이 열렸다.

비로소 한눈에 마주하는
제주문학의 어제와 오늘

제주문학관은 숲속에 한천을 끼고 있으며 뒤로는 한라산이 자리 잡고 있어서 건물 안에서 바라보는 바깥 경치가 일품이다. 개관식에 참석한 서울의 문학 관계자들이 모두 부러워했다. 근처에는 한라도서관과 제주아트센터가 있어서 문화 벨트를 형성한다.

규모는 약 3천3백㎡(약 1천여 평)의 대지에 지하 1층, 지상 4층으로 되어 있으며 외벽은 현무암으로 둘러싸였고, 건물 북쪽 면은 유리로 되어 숲과 계곡으로 이루어진 바깥 경치를 볼 수 있게 설계되었다.

제주문학관에 들어서면 마치 성안으로 들어가듯 현무암의 높은 벽을 지나야 하고 현관문을 열고 들어서면 시야가 훤히 트인 북 카페가 있다. 북 카페 선반과 책장에는 제주 문인들의 작품집과 근래 출간된 유명 문학책 1천여 권을 비치할 예정이다. 이 책들을 편안한 의자에 앉아 자판기 커피를 마시며 읽을 수 있다.

건물 밖으로는 현무암으로 성처럼 높고 둥글게 에워싸인 야외 공원이 있는데, 여기서는 소공연, 북 콘서트, 각종 전시회가 가능한 공간이다. 가운데는 연못처럼 물이 고여 있고 주변에 계단식 돌의자가 환상형으로 놓여 있으며 군데군데 자리한 나무와 야생초가 운치를 더한다.

1층에는 기획전시실에서는 2021년 12월 말까지는 개관기념 특별전으로 '산, 바람, 바다가 품은 문학'이란 주제로 '제주현대문학회고전'이 열리고 있다. 소설가 최현식, 시인 김광협, 양중해 선생의 생애를 새겨놓았고, 그들이 남긴 작품들과 유품들이 전시돼 있다. 이 공간은 앞으로 1년에 3번 주제를 바꾸어 가며 기획전시를 할 예정이다.

2층은 수장고와 상설전시실이 자리하고 있다. 상설전시실은 제주문학의 역사와 정체성을 드러내는 장르로 구성돼 있다. 입구로 들어서면 구비문학, 즉 전설과 민담, 신화, 민요 내용을 전시해 놓았다. 키오스크를 설치해 관심 있는 내용에 관한 보다 자세한 정보를 알 수 있도록 했으며, 민요와 본풀이는 직접 들을 수 있도록 헤드폰도 마련했다.

두 번째 굽이를 돌면 제주의 고전문학을 유림문학, 유배문학, 기행문학으로 나누어 전시했다. 유배 왔던 김정의 시문집인 『충암집』, 최익현의 『면암집』 원본을 전시하고 있다. 기행문학으로는 1770년 제주에서 한양으로 과거를 보러 떠났다가 난파를 당해 조류의 흐름에 유구까지 다녀온 체험을 일기체로 쓴 장한철의 『표해록』 필사본이 전시되어 있다. 이 작품은 해양문학의 백미로 알려져 있다.

제주어문학 코너에서는 제주어 작품을 연대별로 정리해 놓았으며 제주어 작품 시낭송을 직접 들을 수 있다.

제주4·3문학 코너에서는 현기영의 인터뷰 내용을 상시 들을 수 있도록 했으며 연대별 작품들이 소개되고 있다. 바당문학 코너에서는 제주 바다를 소재나 배경으로 하는 현대 제주 작가들의 작품을 소개하고 있다.

그리고 제주근현대문학 코너에서는 1910년대부터 2021년까지의 주요 문학 사건들과 동인지, 장르별 단체별 변화를 소개하고 있다.

3층은 문학 살롱으로 항시 살아있는 공간이다. 여기에는 42석의 가변형 세미나실이 있고, 소모임공간 3개 실, 시청각실, 창작공간 4개 실이 있으며, 여기에도 북 카페를 설치할 예정이다.

4층은 147석을 갖춘 대강당으로 객석이 계단형으로 되어 있고 무대와 조명시설이 갖춰져 있어 강연과 심포지엄, 영화 상영, 소규모의 공연이 가능한 공간이다.

제주문학의 큰 걸음을 위해

제주문학관의 운영방향을 '제주문학진흥의 플랫폼, 창의적인 문학 아고라'라고 정하고 도민들과 함께할 여러 사업을 준비 중이다.

제주문학관 부설로 제주문학연구소 설치가 바람직하지만, 현재 여러 여건상 부설기관을 두고 인력을 운용하기가 쉽지 않다. 그래서 우선은 제주문학 연구에 관심이 있는 연구생들을 모집하여 가칭 '제주문학연구회'를 조직하고 지원할 계획이다. 이들의 연구 성과를 정기적으로 발표할 수 있도록 하고, 필요하면 학계의 전문가를 지도위원으로 두어 체계적으로 지도도 병행해나갈 계획이다.

아울러, 제주문학관만의 상징성을 살릴 수 있는 행사를 제정하려고 한다. 가칭 '제주문학관포럼'을 창설하여 국내·외의 문학 이슈를 주제로 전문가들을 초빙하여 학술대회를 열 계획이다. 제주문학관이 한국문학의 이슈를 선점하고 이를 통하여 한국문학 발전의 플랫폼 역할도 하고자 한다.

'제주문학난장'이라는 이름의 행사도 계획하고 있다. 제주만의 특색을 드러낼 수 있는 행사를 통해 다른 도서관이나 문학관에서 하는 행사와는 차별화된 내용으로 매년 도민들과 함께하는 정기적인 문학축제로 만들고자 한다.

다음으로 작가 발굴 및 창작 여건을 조성하기 위해 '제주청년작가상'을 제정할 계획이다. 39세 미만의 대한민국 청년들을 대상으로 그들이 발간한 제주를 소재로 한 작품집을 심사하여 시상하고자 한다. 또한, 제주의 자연과 문화, 역사를 소재로 한 작품집을 대상으로 '제주특별자치도문학상'도 제정 시상할 계획이다.

창작공간에서는 입주 작가를 공모하여 타지 문인과 제주 문인, 문학 지망생들을 적정한 배분 방식을 통하여 일정 기간 입주시켜 창작을 지원할 예정이다.

문학 인구의 저변 확대와 제주 문인들의 재교육을 위해서도 여러 가지 사업을 준비 중이다. 우선, 기존 '제주문학의 집'에서 운영해 오던 프로그램을 '도민문학학교'로 개편하여 다양한 형태의 프로그램을 통해 도민들의 문학아카데미가 되도록 할 계획이다. 그리고 유명 문인 초청 강연과 제주 문인들의 국내·외 문학관 탐방을 통하여 체험교육도 시행할 예정이다.

정보교류를 위하여 전국 문학관 및 문학단체, 문학인 네트워크를 구축할 예정이며, 도내 문인들과 동아리의 데이터베이스도 구축할 생각이다.

아울러 홍보 책자와 웹진을 발간하고 홈페이지를 활용한 아카이브도 구축할 계획이다.

제주문화의 산실 제주문학관

문학관이 자료만 모아놓은 박물관이 되지 않고 살아 움직이는 공간이 되기 위해서는 연중 여러 가지 프로그램과 이벤트를 만들어 도민들과 문학애호가들이 즐겨 찾을 수 있도록 동기를 부여해야 한다. 또한, 문학 애호가만이 아니라 사진, 미술, 음악, 연극 등 인접 예술인과 문학인의 협업을 통하여 그 결과물을 전시, 공연하고 제주문학관이 제주문화예술의 랜드마크로 자리매김할 수 있도록, 제주문화의 산실이 되게 하겠다. 중·장기적으로는 제주문학진흥계획수립을 위한 용역사업을 시행하고 제주문학관 부설로 레지던스 사업을 할 수 있는 창작관 건립도 준비해야 한다.

제주문학관은 문인들만이 아니라 제주도민의 문화 자산이다. 도민들이 자랑스러워할 공간, 제주정신이 고스란히 담긴 공간으로 만들어 가기 위해서 제주문학관 구성원뿐만 아니라 도민과 머리를 맞대어 지혜를 짜내야 하겠다. 아울러 행정적인 인력 보강과 재정의 뒷받침도 필수적이라 하겠다.

제주문학관이라는 판이 생겼다. 이제 시작이다. 잦은 발길과 성원 바란다.

* 제주특별자치도 도정소식지 『제주』(2021년 겨울호. 통권25호) 게재

전국문학인 제주포럼 무엇을 남겼나

'문학의 숨비소리, 제주'란 주제로 제주오리엔탈호텔과 제주목 관아에서 열린 2017년 전국문학인 제주포럼 행사가 막을 내렸다.

이 행사에는 일본, 서울을 비롯한 전국 지방의 작가 80여 명이 초청되었고 제주의 문인들, 도민과 문학동호인들이 함께하여 사전행사, 문학백일장, 토요북콘서트 등 다채로운 행사를 만들었다.

초청받지 못했지만 자비를 들여 일본 또는 서울에서 참가한 작가들도 더러 있어서 행사에 거는 기대가 자못 컸다. 이렇게 성대한 대회가 되기까지 행사를 주관한 조직위원회의 역할은 당연했지만, 행사를 주최한 제주시의 행·재정적인 협조와 지원의 힘이 매우 컸다.

재일제주인 김시종 시인도 행정이 문학인 포럼에 예산을 지원하는 사례는 일본에서도 없는 매우 감동적인 행사라고 했다.

일본에는 문학동호인 단체는 있어도 한국에서와 같은 거대 문인단체는 없다고 일본에서 온 김길호 소설가가 전했다.

제주에서 전국문학인들을 대상으로 하는 대규모 문학 행사는 처음이어서 제주문인들에겐 기대와 우려가 함께 했다.

한국에서만 볼 수 있는 현상이긴 하지만 만여 명의 문인들을 거느린 양대 문인단체, 한국문인협회와 한국작가회의의 임원들이 한자리에 모이기란 그리 쉬운 일이 아니다.

제주에서는 제주문인협회와 제주작가회의가 화합하여 제주문학의 집을 만들어 공동 운영하고, 제주문학관 건립추진위원회를 만들고, 한 건물 안에 마주하여 사무실을 두고 서로의 행사에 얼굴을 내밀지만 두 단체가 공동사업을 하기란 서울을 비롯한 각 지방에서는 어림도 없는 일이다.

그것은 이념문제만이 아닌 두 단체가 양립해 오면서 부딪히고 오해가 쌓이면서 생긴 미묘한 관계 때문에 대면조차 꺼린다. 그런데 한국문인협회에서는 이사장을 비롯한 임원 대부분이 참석했고 한국작가회의에서는 사무총장을 비롯한 각 지역 회장들이 참석하여 대화의 장을 만들었다는 점에서도 이번 행사의 의의는 크다.

현대 한국사회에서의 문학의 여러 문제를 단 한 번의 포럼으로 해결하기는 어렵다. 그럼에도 '한국문학의 외연과 경계를 말하다' '인문학의 위기, 문학의 미래' '항구의 문학, 그리고 삶' '스마트시대 문학의 향방' '향토문학의 저력과 발전 방향' 등 5개 세션의 주제는 한국문학의 과거와 현재 그리고 미래에 대한 성찰과 해법 방안 모색이라는 점에서 제주에서 불기 시작한 문학의 화두가 서울로 북상하는 계기가 되었다고 생각한다.

또한 제주출신 김시종 시인이 89세의 노구를 이끌고 제주에 와서 후배들에게 한국인도 일본인도 아닌 경계인으로서의 문학 활동의 어려움과 투쟁으로서 이룬 문학적 업적을 바탕으로 일본에서 시인으로 살아가기의 어려움을 토로하면서 시인은 좀 더 주변의 것에 관심을 가지고 나아가서는 변동하고 있는 시대, 꿈틀거리는 사회 상황에 관심을 가져야 한다며 시인의 현실 인식 문제와 자세에 대해 후배들에게 유언과 같은 말을 남겼음은 무척 감동적이었다.

행사에 참석한 문인들은 저마다 이번 행사의 의의를 높이 평가했다. 제주포럼이 앞으로도 매년 문학인들의 교류의 장이 되면서 한국문학의 발전과제에 대한 방안을 마련하는 자리가 되기를 원한다고 했다.

특히 한국문인협회 문효치 이사장은 지금까지 제주의 아름다운 외면을 보아왔다면 이번 행사를 통해 제주의 아픔을 극복한 아름다운 내면을 보게 되었다고 했다.

그러나 첫 행사라 전국의 문인들이나 애호가, 문학담당 기자들에게 홍보가 부족했던 점, 행사 시기 문제 등은 앞으로 개선해야 할 과제다. 내년에는 문인들에게 좀 더 관심 있는 이슈 선정과 파급력을 가진 문인들을 초대해서 명실상부한 전국문학인 포럼이 되길 기대한다.

* 「제주시론」(제주신보. 2017년 10월 24일 자) 게재

제주4 · 3문학 40년, 성찰과 출구 모색

제주 사람들은 4 · 3이라는 말을 꺼내는 것조차 금기시했던 적이 있다.

특히 그 사건을 겪은 분들은 4 · 3이라는 말만 꺼내도 신경질적인 반응을 보인다.

필자가 작품을 쓰기 위한 취재 과정에서 만났던 사람들은 몸서리를 쳤다.

트라우마 때문이기도 했지만 잘못된 사회인식 때문이었다.

무장대에게 당한 이야기는 무용담처럼 이야기하지만 토벌대에게 당한 유족들은 발설도 못 하고 속만 끓였다.

한동안 4 · 3은 좌익 빨갱이가 저지른 폭동이라는 정부의 호도로 전후세대들은 그렇게 교육받았다.

그러나 사회가 개방화되고 민주화와 시민정신이 싹 트면서 4 · 3에 대한 많은 담론이 이어지면서 정부가 사과하기까지 오랜 시간이 걸렸다.

이렇게 4 · 3을 세상에 드러내 공론화하게 된 데는 문학이 힘이 컸다.

4 · 3을 처음 문학 작품으로 발표한 것은 김석범이다.

그는 1976년 일본에서 『문학계』에 「화산도」라는 제목으로 연재를 하기 시작했으나 국내에 알려진 것은 오랜 세월 흐른 후였다.

국내에서 4 · 3을 문학 작품으로 발표한 것은 현기영이 시초였다. 현기영은 1978년 『창작과 비평』에 「순이삼촌」을 발표하여 처음으로 4 · 3을 세상에 알렸다. 그는 이 일로 인하여 군사 정권에서 많은 수모를 겪었다.

이후 이 땅의 문인들은 후손으로서의 부채를 진 것처럼 모든 장르에서 다양한 형태로 4 · 3을 노래하고 작품을 발표했다.

4 · 3 문학은 또 하나의 문학 장르가 되었다.

제주4 · 3평화재단은 전국청소년4 · 3문예공모를 하는데 매년 전국의 수백 명의 청소년들이 여기에 참가하여 자신의 생각을 드러내고 있다.

또한 국내 최고의 상금을 내걸고 제주4 · 3평화문학상을 공모하면서 전국의 패기 있는 문학도들이 시와 소설 작품을 보내오고 있다. 그러나 광주 5 · 18에 비하면 아직도 4 · 3을 모르는 이가 많다.

공산 폭도들에 의한 무장봉기에서 공권력에 의한 도민의 희생으로 규정된 것이 불과 10여 년 전 노무현 정부 때였고, 국가 추념일로 지정된 것이 2014년이다.

그러나 화합과 상생, 평화를 이야기하면서도 이명박, 박근혜 대통령이 추념식에 한 번도 참석하지 않았다는 것은 무엇을 의미하는가?

겉으로는 4·3희생자와 우익 단체들이 화해한 것처럼 보이지만 아직도 4·3에 대한 보수와 진보의 인식의 간극은 크다.

진상규명과 배·보상의 문제 역시 난감한 사안이며 진정한 화해의 방법 역시 숙원 과제다.

여기에 4·3문학의 과제가 남는다.

4·3을 세상에 널리 알린 것이 문학인 것처럼 치유와 해결 방안에 대한 해법을 제시하는 것도 문학의 책무다. 선배 문인들이 그래왔던 것처럼 후배 문인들이 선도적인 역할을 담당해야 한다.

지금까지는 과거의 원한과 희생을 이야기했다면, 이제 진정한 상생과 화해의 방법을 모색할 때다. 60여 년을 이념에 따라 편 가르고 손가락질했다면, 이제 두 손 맞잡을 방안을 이야기할 때다.

4·3의 정신을 문학을 통해 규명하고 계승하는 것도 문학인의 몫이다.

최근 그간의 4·3문학에 관한 작품을 정리한 평론집이 나왔다. 이전에도 두 권의 저서를 발간하면서 4·3문학에 천착해왔던 제주의 평론가 김동윤은 『작은 섬 큰 문학』이라는 제목으로 4·3문학 작품들에 대해 나름대로 의미를 부여했다.

그는 제주4·3문제를 오키나와 문학에서 해법을 찾고 싶다면서 조심스럽게 4·3문학의 세계화 방안에 접근하고 있다.

결국 4·3문학의 미래는 이념적 대립의 가치가 아니라 평화와 인권이라는 세계 인류의 보편적 가치로 풀어내야 하지 않을까?

내년이면 4·3도 고희를 맞고 4·3문학은 40주년을 맞는다. 아직도 4·3이냐는 세간의 비아냥에서 문학이 출구를 찾아야 할 때다.

*「제주시론」(제주신보, 2017년 4월 24일 자) 게재

4 · 3과 나의 문학
― 숙명처럼 안고 가야 하는 화두

현기영의 소설 「순이 삼촌」이 『창작과 비평』에 실려 4 · 3
이 처음 공론화되던 해에 나는 제주에서 〈극단이어도〉를 창
단했다.

당시는 유신정권 치하였고 이어서 전두환 군사정부가 들
어서면서 문학이나 예술 작품에 대한 검열이 아주 엄중하던
때였으니 현기영 선생이 당한 고초는 말을 하지 않아도 짐작
이 간다. 시대 정신을 천착하는 제주 출신 문인이라면 4 · 3
은 숙명처럼 안고 가야 하는 화두다.

평생 글을 쓰더라도 작가를 대표하는 작품은 두세 편 정
도인데 내 희곡에서의 출세작 「폭풍의 바다」와 「좀녜」는 모두
4 · 3을 배경으로 하는 작품이다. 돌이켜 보니 발표한 작품
중 열댓 편 정도가 4 · 3을 소재 또는 배경으로 하고 있으니
그 아픔의 질곡 속에서 나도 30여 년을 허우적거린 셈이다

제주는 예로부터 외세로부터의 침탈과 저항, 파도와 바람,
돌밭 등 척박한 환경을 일구며 억척스럽게 살아온 탐라 선인
들에게서 물려받은 땅으로 작가로서 제주에 태어난 것은 복
받은 일이다.

그 선인들이 남긴 문화, 이를테면 신화와 전설, 민요 등의 구전 설화, 그들이 고통 속에서 살아냈던 역사와 저항의 사연들, 죽음으로서 지켜냈던 개인의 아픈 서사들이 다 내 문학의 자양분이었다. 그런 이야기들을 어린 시절 할머니와 숙부님들께 들으며 자랐고 무의식 속에 각인된 편린들을 작품 속에 용해할 수 있었던 것은 오롯이 제주에서 태어나고 생활한 덕이다.

20세기 초중반에 제주에서 태어난 누군들 4·3의 아픔이 없으랴만, 일제 강점기에 권투 선수로 이름을 날렸던 내 작은 할아버지는 4·3 때문에 일본으로 피신했다. 숙조부가 조총련에 가입했다는 이유로 연좌제가 있던 당시에는 내 공무 생활에 불이익이 되기도 했다.

4·3은 오늘날에도 진행형이다. 그것이 쉽게 해결되기 어려운 이유는 한 가족 내에서도 가해자와 피해자가 혼재해 있고, 복수가 복수를 낳았기 때문이다. 사랑하는 사람을 살리기 위해 정략적인 결혼을 해야 했고, 사욕을 채우기 위해 인척과 이웃 간에도 밀고를 했다. 그렇게 얽힌 실타래를 하나씩 풀면서 해법을 마련해야 하는 게 문인들에게 주어진 과제라고 생각한다.

내가 쓴 희곡 7편과 단편 1편을 골라 4·3이 작품 속에서 어떤 양상으로 나타났는지 살펴보겠다.

좀녜
― 고향으로 돌아가지 못한 해녀의 억척스런 삶과 끈끈한 인간애

이 작품은 1991년 삼성미술문화재단에서 제정한 도의문화 저작상(삼성문학상 전신) 희곡부문 당선 작품으로 제주 해녀를 처음으로 무대화하여 중앙에 알린 작품이다.

해녀는 일본식 표현이고 예로부터 문헌상에는 잠녀(潛女), 좀수[潛嫂], 좀녜라고 했다. 이들은 한때 제주를 벗어나 육지로 바깥 물질을 떠났는데, 주로 남해안과 동해안을 거쳐 중국, 일본, 러시아 블라디보스토크까지 진출하여 물질을 했다.
해안을 중심으로 전국 각지에서 물질을 하다가 현지인과 결혼하여 눌러살기도 했지만, 육지 물질 나갔다가 피치 못할 사정으로 돌아오지 못하는 해녀들도 있었다. 그런 출도 해녀들의 억척스런 삶과 고향에 대한 그리움, 혈육에 대한 끈끈한 인간애를 그리고자 했다.

주인공인 남 씨가 4 · 3 사건에 연루되어 고향으로 돌아가지 못하고 육지 바닷가를 전전하다가 고향에서 온 해녀들을 만나면서 이야기가 시작된다.
남해의 어느 해변 마을에 제주 해녀들이 바깥 물질을 온다. 그들은 마을의 민간 집을 빌려 공동생활을 하는데, 거기엔 제주 출신의 남 씨가 딸 청애와 먼저 와 살고 있다. 제주 해녀들은 반가움에 남 씨에게 접근하지만, 남 씨는 그들

의 행동이 영 마뜩잖아 잔소리를 늘어놓는다.

어느 날 유조선에서 기름이 새어 바다가 기름에 덮이는 사고가 일어나자 그들을 고용한 전주는 배를 타고 멀리 나가 배 위에서 생활하며 물질을 해야 하는 '난바르'를 강요한다. 난바르를 떠났던 일행 중 남 씨의 딸 청애가 죽게 된다. 4·3 당시의 남 씨가 고향을 떠나게 된 사연이 밝혀지고 남 씨는 하나 남은 딸을 찾아 제주로 향하면서 막을 내리게 된다.

폭풍의 바다
― 숨겨졌던 진실 속 자아 찾기

이 작품은 1993년 한국연극협회가 주관한 창작극개발 3개년 프로젝트 사업 1차연도 당선작이다. 한국문화예술진흥원 창작지원금으로 서울 문예회관대극장에서 공연을 했고, 대산문화재단 창작지원금을 받아 희곡집을 냈으며, 한국희곡문학상을 받은 작품으로 4·3이 남긴 상처와 아픔을 정통적으로 다룬 작품이다.

제주의 4·3 사건 당시에 군경의 검거를 피해 산으로 올랐던 젊은 지식인들, 그리고 이북에서 공산주의자들에게 재산을 몰수당하고 남한으로 피신 왔던 서북청년단원들.
서청의 입장에서는 빨갱이라면 치를 떨 수밖에 없는 상황이었고, 그들의 시퍼런 서슬에 가족을 살리기 위해 정략적인 결혼을 할 수밖에 없는 사람들도 있었다. 그러나 당시 변란을 피해 일본으로 건너갔던 사람들이 돌아오면서 숨겨졌던 비화들이 드러나게 된다. 이를 폭풍우 치는 바다에 비유해서 한 여인이 자아를 찾아가는 모습을 그리고자 했다.

관광 가이드를 하는 딸 윤선이 이 고장 출신인 재일교포 모국방문단의 손성민과 그의 아들 진규를 데리고 온다. 제주의 시골 해안가에서 '해녀식당'을 운영하는 김경자는 손성민을 보고 과거의 상황을 떠올리며 갈등한다.

한편 김경자와 이혼한 서청 출신인 최순탁은 선거에 나섰다가 낙선하여 해녀식당에 들렀다가 손성민을 만나게 된다. 과거 김경자는 손성민과 혼인을 약속한 사이지만, 약혼자와 자신의 가족을 살리기 위해서 최순탁과 정략결혼을 하게 되었고….

큰 딸인 최윤정의 출생 비밀이 밝혀지면서, 손성민의 아들인 진규와 윤선이의 사랑도 제동이 걸리게 된다. 가정은 일시에 폭풍 속에 휘말리게 되는데 주인공 김경자는 자신의 자아를 찾기 위해 바다를 떠난다는 내용이다.

우리의 관계는 아직 끝나지 않았다.
— 부친의 전비로 인한 부자간의 갈등

제주도의 4 · 3 사건은 당대만이 아니라 그 자손들까지 불신과 반목의 형태로 남아 있다. 겉으로는 내색하지 않지만 안에서 곪은 상처는 쉬이 아물기 어렵다. 당시 토벌대나 무장대의 처지에서 보면 자신들의 행위는 정당했다는 것이고 그걸 사안별로 판단할 기준이 없다.

다행히 노무현 대통령이 공권력에 의한 희생임을 인정하면서 사과했고 이후 사건 진상이 하나둘씩 밝혀지고 있다. 그 당시 사욕을 위해 많은 사람을 희생시켰던 부친과 그런 부친의 전비에 대해 괴로워하는 자식을 대비시키면서 정의와 양심의 문제를 생각해보고 싶었다.

뱀굴의 전설을 가진 왕사리 마을에 이곳 출신 실업인의 막내인 성진이 신혼여행을 온다. 성진은 아버지의 사업체를 마다하고 신문 기자 생활을 하는 인물로 4 · 3사건을 시리즈로 취재해 소개하는 일을 맡고 있다.

그러나 아버지의 고향인 왕사리 사건이 신문에 소개되자 편향적 시각으로 본 잘못된 기사라는 항의를 받게 된다. 그래서 그 사건의 실체를 다시 취재하기 위해 신혼여행을 핑계로 왕사리로 왔지만 주변의 시선이 곱지만은 않다.

한편 부친 권태수는 고향에서 선거 출마를 계획하고 있어서 성진의 취재를 못마땅하게 생각하는데 권태수 소유의 임야에서 유골 세 구가 나온다. 성진을 돕는 인희는 당시 상황을 자세하게 기록한 붉은 노트의 존재를 밝히는데….

해경 무렵
— 화해, 인간애의 아름다운 하모니

마을마다 기간을 정해 미역 채취를 금하다가 대개 음력 3월 초가 되면 채취를 허가하는데 이를 해경(解警, 허채, ᄌ문)이라 한다. 해경은 마을 잔칫날이다.

해경 때 채취한 미역은 전부 개인의 수익이 되기 때문 해경철이 되면 일손이 모자라 멀리 나간 가족들을 불러 도움을 요청한다. 채취한 미역을 뭍으로 끌어올리기란 여간 벅찬 일이 아니다. 이런 일을 하는 사람이 마줌꾼이다. 해경은 가족, 인척끼리의 공동 작업이다.

제주 사람에게 4·3이란 치유되지 않은 아픔의 역사다. 가해자건 피해자의 가족이건 그 앙금은 지금도 풀리지 않고 있다. 한마을에 살며 매일 얼굴을 대하면서도 누구도 꺼내기 두려워하는 얘기를 바다의 끈질긴 생명력과 해경이라는 공동체 의식으로 화해를 시도해 보고 싶었다.

생명은 그 무엇과도 바꿀 수 없는 소중한 것인데, 폭력으로 인해 수많은 사상자가 났지만, 누구 하나 잘못을 뉘우치는 사람이 없다. 준열한 참회가 없을 때 비극의 역사는 되풀이된다. 집착은 욕심을 잉태하고, 욕심은 죄악을 낳지만, 참회에 대한 진정성이 용서의 선결 조건이다.

산업화의 바람을 타고 바다는 몸살을 앓고 있다. 바다는 해녀의 땅이자 생명줄인데, 땅을 빼앗으려는 자와 지키려는 자들의 끊임없는 투쟁은 인간의 역사 그 자체다. '작지왓'이라는 땅을 매개로 인간들의 욕심과 갈등이 피를 섞은 친척 간에 이루어진대서 비극은 해결될 수 없는 파국을 맞는다. 결국 인간이란 무엇인가? 나 혼자면 이 세상이 무슨 소용인가? 해경을 통해 바다는 어울리며 살라고 가르치는데….

화해, 그건 참회와 용서로 가능한 인간애의 아름다운 하모니다.

'이막순'이라는 인물의 인생역정을 통해, 세파 속에서도 좌절하지 않고 늘 새로운 세계에 도전하며 적극적으로 살아가는 아름다운 인생을 그려보고 싶었다. 이기적 사고가 팽배한 사회에 공동체의 의미를 되새기면서.

더 복서
— 정의란 이름의 폭력 그리고 인간애

1980년 국보위가 삼청교육대를 만들어 전국의 불량배 4만여 명을 붙잡아 순화교육 시킨다는 명목하에 인권 유린을 자행했다. 삼청교육대에는 어린 학생들을 포함하여 무고에 의한 시민들도 다수 잡혀갔다. 교육 과정에서 사상자들도 생겼고 맞아서 병신이 된 자도 생겼다.

이러한 잘못된 공권력의 발동은 1948년 4월 제주에서도 자행됐다. 당시 조병옥 경찰국장은 제주도 사람을 모두 빨갱이로 치부하여 공중에서 휘발유를 뿌려 불태워버려야 한다는 주장까지 했다. 그들에겐 그것이 정의였다.

　난리를 피하여 산으로 오른 사람들은 모두 폭도 취급을 했고 토벌대는 그들과 마을 사람들을 분리한다는 명목으로 마을 사람들을 학교 운동장에 모이게 하고 군경가족을 제외한 모두를 학살한 경우도 있었다. 회복될 수 없는 폭력이었다.

　그 와중에 5월 1일 제주시 오라리에서 방화사건이 일어났는데, 미국은 불붙는 마을과 무장대 추격 장면을 공중 촬영까지 했다. 각본에 의한 사건이라는 자명한 증거를 스스로 제공한 셈이다.

　이 작품은 오라리 방화사건을 소재로 했으나 인물이나 사건 자체가 작가의 추리와 상상에 의한 완전한 창작물이다. 사건의 전모를 고발하려는 의도보다는 잘못된 공권력에 의해 희생된 피해자들과 그 당시 가해자들이 40년 후 만나 화해의 방법을 찾아보고자 했다.

　그때의 아픔은 당사자들의 자식들에게까지 이어지면서 현재 진행형이다. 화해는 가해자의 진정한 자기 고백에서 시작돼야 하는데 가해자들은 자신들의 행위가 정의였다고 믿는다. 평행선의 확인이지만 그 자식들에게서 희망을 보고 싶었다.

언제나 폭력은 힘 있는 자의 만용과 과욕에서 시작된다. 그러나 링에서의 복싱을 폭력이라 하는 사람은 없다. 복서 출신 권창렬의 인생역정을 통하여 가족과 인간애의 의미를 찾고자 했다.

랭보, 바람구두를 벗다
— 시대 정신에 대처하는 두 젊은 지성인의 태도

어느 시대 건 지식인들은 시대 정신이나 시국에 대한 관점에 적극적으로 자신의 입장을 드러내거나 행동으로 앞장 선다. 그것이 지성인의 역할이며 사명이라고 생각하기 때문 이다.

일제 강점기에 문인들의 모습은 다양했다. 붓으로 저항 을 한 시인이 있는가 하면, 자연 도피하며 외면하는 부류 가 있었고, 앞장서서 선동하며 부역을 한 부류들, 아예 붓 을 꺾은 자들도 있었지만, 남의 일인 양 무심한 부류들도 있 었다.

역사의 흐름은 늘 반복된다. 사회주의와 자유민주주의라 는 거대 서사는 이미 승부가 났지만, 주류세력과 반동세력, 진보진영과 보수진영, 부자와 빈자, 가해자와 피해자, 갑과 을 등 다원적 복합구도의 갈등 구조는 여전히 남아 있다.

이 작품은 제주의 4 · 3을 배경으로 상반된 가치관을 가진 두 젊은이의 행동을 통하여 시대정신에 대처하는 지성인의 역할과 책무를 생각하며 구상했다.

프랑스의 천재 시인 랭보는 현실 세계의 종교나 도덕관, 인간을 속박하는 모든 것을 부정하며 저항했다. 그리고 시인은 천리안을 가져야 한다고 주장하며 미지의 세계를 찾아 떠돌았다. 친구이자 동료 시인인 베를레느는 랭보를 바람 구두를 신은 사내라고 했다. 어디에도 안주하지 못하고 떠도는 시인이라는 의미다.

현실에서 늘상 도피해 온 랭보라는 별명을 가진 주인공과 현실에 맞닥뜨리면서 자신의 꿈을 향하여 무모하게 돌진한 정국이라는 인물을 대비시키면서 시대의 아픔 속에서도 꽃 피었던 사랑의 완성과 화해의 모습을 그리고자 했다.

돗추렴
— 육식본능에 의한 폭력의 양태

육식동물은 다른 동물을 죽여서 음식을 얻기에 거기엔 생명 살상의 폭력이 필수적이다. 고기를 먹는 인간은 태생적으로 폭력적 DNA를 가지고 있는 것이 아닐까 하는 의문에서 이 작품을 구상했다.

근현대에 와서 강대국의 패권주의나 공권력을 이용한 정

권 탈취에 의해 전쟁과 인명 살상의 많은 사건이 일어났다. 여기에 인권이나 생명존중이란 어휘 자체는 의미가 없다.

돗추렴은 필요한 사람끼리 돈을 염출하여 공동으로 돼지 잡는 일을 말한다. 지금은 양돈업체가 많아서 돼지고기를 쉽게 구할 수 있지만, 과거 제주의 시골집에서는 집안의 경조사나 살림살이를 위하여 돼지를 길렀다. 돗추렴하는 날은 마을 잔칫날이기도 하지만 달리 생각하면 살육의 공개 현장이다.

해체된 고기의 필요한 부분들을 나누어 가지는 일은 원시 사회에서 이어오는 전통적 공동체 행사였다. 현대 우리 사회에서도 갑질이라는 이름으로 흔히 찾아볼 수 있는 사건들이 또한 이런 약육강식의 폭력적 본능에서 나온 것이다.

사건과 관련된 이웃들은 서로 인척이라는 끈으로 얽혀 있고, 숨겨졌던 애증의 관계가 세월이 한참 지난 뒤에 드러나게 되면서 해결점을 찾기가 무망해졌다. 사건 당사자들이 사라진다고 해도 폭력의 트라우마에 시달리는 피해자들의 상처는 후세들에게 유산처럼 남는다.

폭력이 남긴 후유증으로 황폐한 삶의 모습을 드러내면서. 나누어 가지는 대동 행위를 통하여 화해와 상생의 희망을 그려보고자 했다.

자서전 써주는 여자

— 에로스적 욕망과 죽음

* 소설집 『오이디푸스의 독백』에 실린 문학평론가 이덕화 님의 글을 옮겼다

강준 같은 제주도 출신 작가는 4 · 3 사건을 소재로 한 번쯤은 작품을 써야 한다는 심리적 압박감을 가지고 있을 것이다. 그러나 너무나 지척에서 경험한 혹은 실제 겪은 부모들와 형제들이 친척들이 생존해 있는 경우가 많기 때문에 제주도 출신 작가가 4 · 3 사건을 객관적으로 다룬다는 것은 또 쉽지 않을 것이다. 4 · 3 사건의 가해자와 피해자가 서로 얽혀 있기 때문이다. 이 작품도 같은 맥락의 작품이다. 일상 밖, 허구의 세계 속에서 만나는 대표적 평범한 인물, 장충삼 회장의 이야기이다.

'자서전 써주는 여자'인 화자를 통해서 장 회장의 삶이 조명된다. 해방된 후 북한에서 공산당에 의해 모든 재산을 탈취당하고 남하한 부르조아 출신의 청년, 장충삼은 빨갱이 잡는다는 말에 경찰이 되고 제주도까지 와서 저지른 서하리 제삿집 사건의 가해자이다. 또 서하리 사건의 피해자의 당사자가 화자의 시아버지이다. 그 사건으로 남편은 아버지도 못보고 유복자로 태어나게 된 것이다. 기막히게 얽힌 두 사람! 남편은 간암으로 장 회장은 췌장암으로 죽음을 목전에 두고 있다. 남편의 간 이식 수술비 때문에 시작된 회장의 간병과

자서전 집필! 자서전을 쓴다는 것은 그 사람의 인생 속으로 들어간다는 것이다. 남편으로부터 장충삼과 집안에 얽힌 이야기를 듣고 자서전 쓰기를 포기할까 갈등했지만 그건 남편의 죽음을 불사해야 하는 아픔이다. 간 이식 비용을 마련해 남편을 살리겠다는 강한 의지로 포기하지 못한다. 또 수필가면서 주로 간병을 해서 생계를 이어간 화자에게 자서전 쓰는 일은 자신에게 주어진 절호의 기회이다. 명목상의 수필가로서의 결핍을 채워줄 수 있는 일이며 살맛나게 하는 일이다.

욕망은 에로스이다, 에로스는 모든 동물을 매 순간 살아있게 해주는 능동적인 힘이다. 심리적 허함을 채워주는 자서전 써주는 일은 화자에게 활력을 주는 일이다. 장 회장이 과거의 삶을 회개하고 반성한다는 선의의 뜻을 꺾고 싶지 않다. 자서전 집필로 남편의 간 이식 수술은 성공했지만, 마취에서 깨어나지 못해 생사를 달리한 남편의 죽음 이후 더 자서전 쓰는 일에 매진, 자서전의 완성은 두 사람에게 성취감을 주고 여한이 없는 행복감에 도취된다. 인간은 가장 행복할 때 죽음을 생각한다.

회장님께 간식과 와인 한 잔을 가져다가 드리고 나서 전 욕실을 정리하고 샤워를 했습니다. 거기서 샤워를 한 것은 처음이었습니다. 쏟아지는 물줄기를 온몸으로 맞으면서 희열이 피어오름을 느꼈습니다. 해냈다는 성취감, 두둑하게 받은 원고료, 그리고 책이 출간되고 나서 나타날 반응 등 여러 가지 생각이 스치면서 마음이 한껏 부풀어 오르고 엷은 흥분까지 느꼈습니다. 저절로 콧노래가 나왔고, 적당히 따스한 물줄기가 살갗에 부딪히는 쾌감을 즐기는데 이상한 예감이 들었습니다. 샤워꼭지를 잠그고 입구 쪽을 보니 열려있는 문 앞에 잠옷 차림의 회장님이 휠체어에 앉아 쳐다보고 있었습니다. 깜짝 놀라 몸을 움츠리며 '회장님'하고 소리쳤지요.

그런데 회장님은 피하기는커녕 애절하게 저를 보며 말했습니다.

"난 이승에서 할 일을 다 한 것 같소. 이제 곧 죽어도 여한이 없소."

－「자서전 써주는 여자」, 97쪽

위의 인용문에서 회장은 화자가 일을 성취한 행복감에 콧노래까지 부르며 한껏 들떠 샤워하고 있는 화자의 모습에 도취 몰입한다. 아름다운 것은 좋은 것이고 좋은 것을 보면 소유하고 싶은 것이다. 소유를 통해 영원을 꿈꾸는 것이다. 욕망하는 것은 에로스이다. 죽음을 앞둔 남자는 순간적인 쾌락을 통하여 영원을 꿈꾸는 것이다. 심장 경색 증세까지 있는 회장에게 격한 감정은 금기였음에도 회장은 화자를 욕망하고 순간적인 쾌락을 통하여 죽음에 이른다.

화자는 글 쓰는 수필가로서의 최고의 보람을 자서전 집필을 통해서 이루어내었고, 장 회장은 자신의 삶을 회개하고 반성하는 자서전 집필을 통해서 삶을 완결하고 싶은 열망은 서로가 서로를 필요로 하는 창조와 생산을 이루어내게 된 것이다. 화자는 원수의 관계라고도 할 수 있는 장 회장의 자서전을 집필함으로써 장 회장의 생을 이해하게 되고 받아들이게 된다. 그동안 생계 문제가 시급해 명목상의 수필가로서 능동적 글쓰기를 하지 못했던 화자는 자서전 집필을 통해 가장 창조적인 시간을 보내었으며, 장회장은 죽음의 목전에서 자신의 삶을 회고하며 반성하는 참 '나'를 만나는 기쁨의 시간을 보냈다. 두 사람은 인생의 가장 행복한 시간 서로를 욕망하고 탐닉의 시간 속에서 죽음을 맞이한다. 장회장은 육체적 죽음을 맞이하고 화자는 장회장을 살해했다는 죄명으로 감옥행을 한다.

이 작품의 장회장이나 화자는 일상 속에서 흔히 만나는 인물이지만 허구 속에서만 만날 수 있는 특별한 평범한 인물이다. 일상에서는 원수 같은 사람의 자서전을 집필하지 않을 것이며 일관되게 원수일 뿐이다. 두 인물이 자서전 집필 후 성취감을 얻었다고 정사로 죽음에 이르지 않을 것이다. 실제 죽고 싶은 사람은 없기 때문이다.

* 『제주문학』 제86호(2021년 봄호)에 게재

'제주국제평화문학축제'의 창설을 제안한다

제3회 전국문학인 제주포럼(2019년 10월 18~20일) 토론문

'통일시대를 위한 지방문화 연구와 지역문학의 길 찾기'라는 주제와 발제자의 발제 내용은 다소 거리가 있어 보인다. 지방문화 연구에 대한 내용은 없고, 지역문학 길찾기에서 '국제영화제 창설'에 많은 분량을 할애하여 제안하는 것 자체도 주제와 맞지 않는다.

발제자는 '통일시대에 부합하는 문화적 민족주의 문학을 지향해야 하므로 아울러 지역문학도 통일시대에 맞게 과제를 풀어가야 한다.'고 했는데 과연 통일시대에 부합하는 지역문학의 과제가 무엇인가? 되묻고 싶다.

여러 번 살펴보아도 그 과제가 무엇인지 알 수가 없고, 마무리 부분에서 '지역문학의 발전 과제는 화합과 결속에 있다'고 했는데 통일시대를 준비하는 지역문학의 과제가 정녕 이것뿐인가?

발제자는 '지역 문인들이 행정력이 안 되는 가운데 늘 예

산안에 기획도 준비도 없는 단체들의 양상들은 숙고해 임의 단체들의 통합도 필요하고' 라 했는데 이는 지역문학인의 행정, 기획능력을 폄하하는 대단히 유감스런 말이다. 임의단체들이 꼭 통합해야 한다는 데도 동의할 수 없다. 이는 문학을 전체주의적 관점에서 통제화 하려는 정치적 함의가 있는 건 아닌지, 그리고 지역문학을 중앙문학에 대한 하위 또는 종속 개념으로 생각하는 것은 아닌지 묻고 싶다.

발제자가 문학을 획일화의 관점에서 보려는 경향은 곳곳에서 보인다. '민족 통합을 진전시키는 가장 유효한 방법은 남북한의 문화공동체를 형성해 나가는 것이다. 접근방법으로는 먼저, 민족적 연대의식과 동질성의 요소를 적극적으로 찾고 활성화하는 방안을 제기할 수 있을 것이다.'라고 했는데 문학을 꼭 이런 관점에서 보아야 하는지 의문이다.

지금은 지방화의 시대다. 지역에서 생산된 독특한 문학작품이 세계인을 감동시키는 시대다. 세계적으로 성공한 영화의 소재도 지역의 신화, 전설에서 차용한 것이 많다. 사람은 자신이 살아온 환경과 관점에서 문학을 바라보고 이해한다. 통일이 되더라도 북한 문인들은 그들의 관점에서 문학작품을 쓸 것이고, 그것을 선호하는 독자들도 있을 것이다. 통합과 연대의식, 동질성의 문제는 평론가나 학자가 정리할 문제지 문학의 본류는 아니다. 오히려 문학은 다양성을 요구한다.

문학의 생명은 자유로운 상상과 개성적 표현을 통한 진실성의 탐구에 있다. 지역문학을 발전시키는 과제는 지역문학의 정체성을 찾는 일이고 지역의 특수한 문학 소재를 활용해 다양한 인간의 삶에 의미를 부여하는 일이다.

따라서 문학단체의 통합이나 결속은 오히려 문학의 몰개성화, 지역적 장르적 이기주의, 정치적 이념화, 통속화에 빠뜨릴 위험이 크다.

문학은 혼자서 하는 작업이고 작가는 작품으로 말한다. 문학단체는 문학인의 이익을 대변하고 조력하는 공동체이지 예산 배분이나 행정력을 통해 문학인을 구속하는 장치가 되어서는 안 된다.

발제자는 제주도에 이해가 부족한 상황에서 '제주도의 특성과 문화적 가치'를 논하고 있다. 친분이 있는 제주문인들과 제주를 거쳐 간 예술가들을 나열하면서, 그분들의 작품만으로 제주문학을 논하는 일반화의 오류를 범하고 있다. 그분들도 훌륭하지만 제주문학의 특성을 드러내며 활동하고 있거나 활동한 문인들은 아주 많다.

제주 문학을 이해하려면 우선 제주의 역사와 제주인이 누구인지를 알아야 한다. 제주 문학은 단순히 한국문학의 하위구조가 아니라 개별구조 또는 독립구조로 봐야 한다. 그것은 제주 문화의 특수성에 기인한다.

제주는 그리스 신화에 비견되는 거인 여성창조주신화를 가지고 있고 1만 팔천 신에 따른 무궁무진한 신화들이 있다. 이들 구비 전승의 신화와 전설, 본풀이, 민요가 제주문학의 원류다. 이는 중앙에서 분파된 것도 아니고 섬이라는 환경과 역사적 배경에서 독특하게 형성된 문화이다. 즉 제주가 세계의 중심이라는 우주관을 보여준다.

또한 천년의 해상왕국 탐라에 대한 이해가 없이 제주문학을 논할 수 없다. 그들이 남해안을 정복하여 영토를 확장한 역사는 제주 선인들의 기개를 보여준다.

제주는 몽골에 대항하면서 고려의 적통을 주장하는 삼별초가 강화도, 진도를 거쳐 최후에 망명정부를 마련한 곳이다. 그 이후 100년간의 몽골의 직접 통치를 받으면서 몽골의 문화가 제주의 문화에 융합된 부분이 많다. 제주인의 저항 정신과 삶에 대한 억센 의지를 읽을 수 있는 부분이다.

조선 시대에 와서 원악도라고 해서 나라에 죄를 지은 사대부들, 반골기질을 가진 똑똑한 많은 유학자들이 유배를 왔다. 이들이 원주민들에 끼친 영향은 대단하다. 일본, 프랑스 등 외부 세력의 침탈과 탐관에 저항해 잦은 민란이 생긴 것도 제주민의 아픔이다. 거친 바람과 풍랑을 헤치며 살아온 어부와 해녀의 생활은 마디마디 억척스럽고 고된 인간 승리의 역사다.

4 · 3은 제주민에게 치유될 수 없는 깊은 상흔이며 아직도 진행형이다. 나열한 이런 사실만으로도 제주는 문학적 소재가 다양하고 독특한 곳이다. 이러한 삶의 배경이 육지와는 다른 독특한 제주어를 만들었고, 유교와 불교, 샤먼이 혼재된 문화가 생겨났다.

또한 여성 중심적 문화와 제주민의 이중적 의식 구조에 대한 이해 없이 제주 문학과 제주 문화의 가치를 논할 수 없다. 지역문학이 나아갈 방향에 대해 '제주국제영화제'의 창설을 제안했는데 문화산업브랜드 가치의 방안이라는 부제 또한 본 문학 포럼의 취지와는 방향이 다른 내용이다.

제주는 사회주의 국가 지도자들과 자유민주주의 국가 지도자들이 방문하면서 평화의 섬으로 선포되었다. 이에 '제주국제평화문학축제' 창설을 제안한다. 이는 통일시대를 준비하고 평화의 섬이라는 정명에 맞는 문학 축제가 될 것이다.

제주에서 축제를 마련한다면 여기서 분단문학, 인권, 자유와 평화, 공존에 대한 국제 심포지엄, 문학작품 발표와 전시, 문학작품을 토대로 한 각종 퍼포먼스와 공연 등이 이루어질 수 있다.

이렇게 제주 문학의 우수성과 특수성을 널리 알리면서 세계인들과 공존하는 것이 통일시대를 준비하는 제주 문학이 나가야 할 길이 아닌가 한다.

제주에서 무엇을 쓸 것인가

아일랜드의 노벨문학상 작가인 예이츠가 프랑스 파리에 머무르고 있을 때 같은 아일랜드 출신 문학청년 존 밀링턴 싱을 만났다. 예이츠는 다섯 살 연상이었고 그의 작품에 대한 성가와 명성이 문단에서는 잘 알려진 때였다. 이에 싱은 자신이 쓴 작품을 예이츠에게 보이면서 어떻게 하면 당신처럼 작품을 잘 쓸 수 있느냐고 물었다. 싱의 재능을 알아본 예이츠는 당장 당신의 고향인 아란 섬으로 돌아가라고 했다. 가서 아란 섬사람들의 생활과 언어를 연구하고 그들에 대한 이야기를 쓰라고 했다.

결국, 존 밀링턴 싱은 아일랜드의 아란 섬으로 돌아와 섬사람들의 이야기를 쓰고 공연해서 독특한 작품이라는 평가와 함께 세계적인 작가가 되었다. 에이츠 역시 켈트 민족의 신화와 전설, 환상 세계에 대한 여러 이야기들을 복원하고 그 속에 전해 내려오는 아일랜드 영웅들의 모습에서 아일랜드의 미래를 찾았고 그런 작품을 무대에 올리며 아일랜드의 독립운동에 참여했다.

근래 제주문학사에 대한 원고를 쓰면서 제주문학의 범주와 제주 문인들이 무엇을 쓰고 있는지를 살펴볼 계기가 있었다. 자그만 섬이지만 참으로 많은 사람들이 제주를 다녀갔고 주옥같은 작품들을 남겼다는 것을 알았다. 섬은 멀리서 보면 서정이지만 들어가서 보면 서사다. 자연과 외세의 도전에 응전한 섬사람들의 생존 기록이다.

제주는 섬이어서 본토와는 다른 문화와 역사를 가지고 있다. 중세 언어의 뿌리를 간직한 고유한 제주어가 통용되고 있고, 돌과 바람 많은 자연환경을 극복하고, 풍랑에 목숨을 걸고 바다를 경작하며 이상향을 꿈꾸는 독특한 문화를 형성했다.

육지에서는 볼 수 없는 전설과 신화, 민요 같은 구비문학이 생겼고, 바다와 공생하는 해양문학, 유배 온 양반과 목관들이 남긴 유교문학, 4·3과 피난지로서의 전쟁문학 같은 독특한 문학 장르가 생겨났다. 이러한 다양한 장르가 제주문학의 경쟁력이다.

많은 선배 문인들은 제주의 이런 문학적 자양분들을 시와 소설, 희곡 작품으로 녹여내면서 독특한 자기만의 문학세계를 구축했다.

근래 전 세계적으로 흥행에 성공을 거두고 있는 할리우드 영화를 보라. 그 스토리텔링의 원천은 어느 시골 마을의 신화나 전설에서 가져온 것이 많다. 인디아나 존스, 반지의 제왕, 아더왕 이야기를 다룬 원탁의 기사, 카멜롯의 전설이 그렇고 그리스 신화에서 차용한 타이탄, 토르, 트로이, 신들의 전쟁 등이 그 예이다.

제주의 신화나 전설에서 이러한 대작을 만들어 낼 소재는 없을까? 천지개벽을 다룬 천지왕본풀이, 신과 인간이 교류하는 자청비 신화, 해상의 다툼을 다룬 영등할망 이야기 등 찾아보면 무수히 많다. 제주 민요의 배경설화나 마을마다 자잘하게 전해 오는 전설들도 현대적인 상상력으로 각색을 하면 독특한 작품들이 될 수 있다.

제주 선인들은 바다를 경작하며 살아왔다. 러시아와 중국 일본 등으로 물질을 다녔던 해녀들의 이야기, 해상왕국이었던 탐라국 시절 본토를 정복했던 역사적 이야기 등 해양문학의 소재들이 널려 있다.

또한 나라에 대역죄를 지어 귀양 왔던 유배객들의 이야기며, 이 섬에 종교가 뿌리내리는 과정에서 박해를 받았던 성직자나 그 배경에 프랑스와 일본의 갈등도 좋은 소재가 아닌가? 제주는 섬이기 때문에 일본 왜구들이 침략한 기록들이 남아 있고 탐관오리들의 학정에 못 이겨 일어선 민란들도 문학작품으로 형상화할 수 있다.

70년이 지난 지금까지 해결되지 않는 4·3에 대한 이야기도 많은 성과를 이루긴 했지만, 아직도 해방 공간에서 속절없이 산화한 수많은 젊은이들의 이야기들이 문학작품으로

부활되어야 한다. 제주는 이렇게 서사 문학의 보고인데 왜 소설가가 많지 않은가 하는 질문을 받을 때가 많다. 시인은 넘치는데 소설가가 너무 부족하다.

문학청년들에게 소설 쓰기를 권한다. 지천으로 널려 있는 문학의 원석들이 젊음의 번뜩이는 아이디어와 상상력으로 가공되어 보석 같은 작품들이 탄생하길 기대한다.

섬 안에서는 섬을 볼 수 없어서일까? 현재 제주에는 기백 명의 문인들이 활동하지만 의외로 제주의 역사와 문화, 제주인의 삶에 천착해서 작품을 쓰는 문인들이 많지 않음에 놀랐다. 오히려 육지에 사는 문인들이 제주를 소재로 한 작품을 많이 쓰고 있다. 도서관에 가서 김만덕, 홍윤애에 대한 작품을 찾으면 제주 출신 문인들의 작품은 열 권에 한 권도 안 된다. 그럼 그 많은 제주 문인들은 무엇을 쓰고 있는가?

기도하듯 문학을 해야 한다. 기도가 타인의 기복을 소망할 때 온전한 것이 되듯 문학도 자신이 아니라 타인의 삶을 통해 우리 자신을 들여다볼 수 있을 때 효용가치가 크다.

자신의 경험과 생각과 느낌을 객관화하지 못하고 혼자 만족하며 자신만이 아는 기호 같은 문장을 나열하는 한계를 벗어나야 한다. 제주의 역사와 선인들의 이야기에 귀를 기울이면 거기엔 더 넓은 세계가 있다.

작가는 시대와 역사의 파수꾼이어야 한다. 시대의 어둠에 눈감지 않고 작품을 통해 부당함을 지적하고 희망을 이야기 해야 한다. 작가에겐 드러난 현상보다 그 속에 감추어져 있는 본질을 꿰뚫어 볼 수 있는 혜안이 필요하다. 비난과 비판을 두려워해서는 좋은 작품을 쓸 수 없다.

모두에 거론한 존 밀링턴 싱도 아일랜드 국민성에 대하여 신랄하게 풍자한 작품을 발표하였으나 극우적인 성향의 사람들을 분노케 하여 폭동을 당한 적도 있다. 4 · 3 문학의 화두를 처음으로 세상에 던진 현기영 소설가도 유신이라는 서슬이 시퍼런 군사정권에서 '순이삼촌'이라는 소설을 발표하여 곤욕을 당하기도 했다. 그가 아니었으면 4 · 3이라는 우리 시대의 불행한 역사가 세상에 알려지는데 한참이 걸렸을 것이다.

그는 '문학은 순응주의가 아니라 이의제기다'라는 강연에서 '문학으로 형상화되지 않은 역사는 존재하지 않는 것처럼 되어 버린다. 그러기 때문에 과거의 역사에 대한 비판과 반성 이의 제기를 해야 하는 것이 문인들의 사명이라고 말했다. 그의 말 속에 제주의 시대와 역사를 어떻게 형상화할 것인가 하는 지향성이 제시되어 있다.

제주 문학이라면 당연히 제주 사람과 그들의 삶을 그려야 한다. 때문에 제주문화에 대한 깊고 넓은 성찰 과정을 통해서 제주인의 정체성, 제주문화의 본질을 꿰뚫고 있어야 한다.

그러지 못해서 실패한 작품도 많다. 이들 작가들은 겉으로 드러난 피상적인 것만을 대상으로 작품을 썼기 때문에 제주의 독특한 정서와 제주인을 형상화하는데 많이 부족했다. 그러한 현상은 제주 소재 작품을 전국 대상으로 공모한 작품들에서도 잘 나타난다.

제주에 살아보지 못한 작가들은 인터넷을 통한 자료를 중심으로 작품을 쓰기 때문에 많은 오류를 범한다. 가령, 지칭인 아방, 어멍, 할망 등을 호칭으로 쓴다든지, 해녀들의 숨비소리를 음악가락에 맞춰 아무 때나 낼 수 있는 소리로 표현한 작품도 있다. 무늬만 제주 작품이지 다른 지방 사투리를 쓰면서 갈중이 입고 제주 사람 행세하는 격이다.

그러나 근래에 제주에 몇 달씩 기거하면서 자료를 수집하거나 취재를 하고 치열하게 작품을 쓰는 작가들을 종종 만날 수 있다. 주변에 널려 있는 문학 자료들을 주워 담으며 제주인이 몰랐던 새로운 정보들을 발견하고 재해석하여 감동을 주는 작품을 만들어 내고 있다. 제주를 소재로 한 작품은 살아오면서 부딪히고 귀동냥으로 들은 것이 많은 제주 문인들이 더 잘 쓸 수 있음에도 이를 놓치고 있는 건 아닌가?

제주 문인들이여 제주를 노래하라.

* 『삶과 문화』 72호(2019. 봄호. 제주문화예술재단) 게재

디지털시대 문학의 대응 양상

제주PEN클럽 해외문학교류의 일환으로 2017년 8월 5일 중국 연변
에서 개최된 세미나 「섬과 대륙을 잇는 문학의 바람」 발제문

1. 문학은 위기인가

1960년대 초반 미국의 비평가 겸 작가인 레슬리 피들러
는 『소설의 종말』을 예고했다. 이는 앞으로 소설의 인기가 영
상 예술인 티브이나 영화에 밀려 출판계와 함께 쇠퇴상을
보인다는 것이다. 그때는 PC나 인터넷이라는 것이 출범하
기 전이었고 새로운 디지털 기술이 발전하고 대중화되면서
또다시 문학의 위기라든지 근대문학의 종언을 이야기하는
비평가나 학자들이 나타났다. 1990년대에 들어 미국의 교수
이며 작가인 엘빈 커넌은 『문학의 죽음』이라는 책에서, 또한
2000년대에 와서 일본의 평론가 가라타니 고진(柄谷行人)은
『근대문학의 종언』이라는 책에서 이 같은 주장을 했다. 대학
에서 국문과나 문학부가 문학창작과로 바뀌고 작가들이 교
수가 되어 연구에 많은 시간을 뺏기고 있고, 근래에 와서 문
창과마저 통합, 폐과하려는 움직임과 시, 소설 같은 문학 서
적이 팔리지 않으며 영상 매체에 대중들의 시선을 빼앗기고

있음에서 근거를 들었다.

그러나 필자는 이에 동의하지 않는다. 지금도 언론사 신춘
문예에는 기천 명씩 응모하고 있고 각 단체의 평생교육원 문
학창작프로그램에 수많은 동호인들이 모이며, 매달 문학잡
지를 통하여 기백 명씩 새로운 문인들이 쏟아져 나올 만큼
문학은 아직도 매력이 있다. 물론 이들이 문학의 발전과 질
적 향상을 담보하는 것과는 별개 문제다.

문학의 위기는 쉽게 등단한 문인들이 책을 읽지 않는다는
것과 자기 검열 없이 수준 낮은 작품을 양산하여 독자들로부
터 외면당하는 데서 올 수 있다. 그럼에도 우리는 디지털 기
술이 발전하여 그 결과 다양한 기기의 보급이 일반화 대중화
된 시대에 문학이 마냥 종이 매체만을 고집하고 의존할 것인
가는 큰 과제이다.

더구나 앞으로 사회를 책임질 10대~20대가 스마트폰이나
SNS(소셜네트워킹서비스)에 의존하는 빈도가 날로 높아지고
있음을 감안할 때 문학이 이에 대응하여 전략을 세우면 위기
는 기회가 될 수 있다.

2. PC통신문학

개인용 컴퓨터가 대중화 단계를 밟기 시작하던 1990년
전후 PC통신 천리안이 PC통신 문학이라는 서비스를 개시

했다. 이때는 대개 무명의 아마추어 작가에 의해 PC통신망의 동호회 게시판에 연재물 형식으로 게재되었던 소설이 대부분이었다. 보통 1회에 200자 원고지 20~30장 분량으로 연재되었다. 처음에는 SF과학소설 일변도이던 것이 점차 순수소설, 추리소설로 확대되었고, 여기에 시와 수필을 쓰는 여러 작가들이 합세하면서 점차 하나의 독특한 문학 형태로 자리 잡았다. 이중 인기 있는 작품들은 책으로 출판되거나 드라마로 제작되어 유명세를 탔다. 이들은 '통신문학' 'PC 문학' '컴퓨터 통신문학' '사이버문학' 등 다양하게 불렸다.

그 후 1992년 하이텔, 1994년 나우누리, 1996년 유니텔이 각각 PC통신 서비스를 시작했고, 여기에 PC통신문학 전용 게시판이 개설되고 수많은 문학동호회가 만들어지면서 통신문학이라는 새로운 문학 형식이 인지도를 넓혀갔다.

1990년대에는 이우혁의 「퇴마록」, 이영도의 「드래곤라자」와 같은 판타지 소설들이 PC통신에 연재되며 폭발적인 인기를 얻었고, 2000년대에는 귀여니의 「그 놈은 멋있었다」 등이 있었다. 1990년대 PC통신은 남성 위주의 작품들이, 2000년대에는 소녀 감성을 아우르는 작품들이 인기를 얻었다.

통신문단은 아마추어 신인들의 등단 통로가 되었다. 김영하, 송경아, 김원, 방재희, 김호진, 황세연 등은 통신문단에서 이름을 얻어 차츰 기성문단으로 활동 영역을 넓혀간 작가들이다. 반면 기성문단의 작가가 통신문단을 활용하여 작품 활동을 하는 경우도 생겨났다. 1992년 복거일이 「파란 달아래」를 하이텔에 연재하면서 시작된 이런 경향은, 그 후 한수산, 주인석, 이순원, 박상우, 윤대녕, 하재봉 등에게 이어졌다.

그러나 PC통신은 과도기적인 형태의 통신 서비스로서, 지속성과 연속성이 부족한 매체였다. PC통신 서비스는 좀 더 열린 인터넷 공간에 주도권을 넘겨주게 되면서 채 10년을 버티지 못하고 사양길로 접어들었다. 그에 따라 PC통신문학도 점차 세력을 잃고 사라져갔다. 이는 디지털 문학의 전주곡이 되었다. 인터넷에서도 PC통신문학이 블로그 소설, 예컨대 조정래의 「정글만리」, 황석영의 「개밥바라기별」, 박범신의 「촐라체」 등의 작품으로 지속되는 양상을 보였다.

3. 인터넷소설(웹소설)

21세기에 들어서면서 모든 분야가 디지털 기술의 영향을 받고 있다. 디지털 기술은 미디어 간 융·복합 기능을 더하여 e북(전자책), 데이터방송, 인터넷 방송, 인터넷신문, 스마트폰, 홈 네트워크 같은 다기능 통합체인 멀티미디어 사회를 이루고 있다. 모바일 즉 스마트폰이나 노트북, 태블릿 기기만 있으면 신문, 영화, 만화를 보고 소설도 읽을 수 있다. 특히 컴퓨터, 스마트폰 같은 디지털 단말기의 보급률, 초고속 인터넷 가입률이 세계 최강인 우리나라가 디지털시대를 선도할 인프라를 잘 갖추고 있다.

이에 일부 작가들은 인쇄 매체에 의한 종이 문학을 떠나 나름대로 새로운 미디어 환경에 적응하는 모습을 보인다.

디지털시대의 문학은 사이버 문학, 전자문학, 인디넷소설, 모바일소설, 온라인소설, 웹소설 등으로 불리고 있는데 150만 회원을 가진 인터넷소설카페도 있다. 인소닷(인터넷소설닷컴), 인턴넷소설왕국, 네이버북스, 북팔 등의 카페가 주도하고 있는데 인터넷소설은 주로 무협, 순정, 팬픽, 로맨스, 판타지, SF, 공포, 퓨전, 미스터리 등 다양한 내용으로 전개되고 있다.

팬픽은 팬픽션의 준말로 아이돌 가수를 주인공으로 하여 팬들이 만들어 내는 집단 창작소설이라 할 수 있다. 물론 이들은 장르 소설로 순수소설은 아니다. 이들은 카페를 통하여 연재를 하고 인기 있는 글들은 전자책으로 발간하는데 일정한 요금을 내야 감상할 수 있다. 인터넷소설의 인기 있는 작가의 경우 웬만한 회사원 연봉보다 많은 월급을 원고료로 받는다고 한다.

모바일 웹소설을 운영하는 북팔에서는 한 달 작가에게 지급하는 원고료가 1억 원이 넘는다고 하니 그 시장규모를 짐작해볼 수 있다.

인터넷소설은 수사법을 이용한 문학적 표현보다 대사 위주의 구성으로 흥미진진한 빠른 전개로 상상력과 호기심 자극하여 많은 팬들을 확보하고 있다. 종이책은 완결된 결과물을 한정적인 독자들을 대상으로 하지만 이들은 인터넷상에서 댓글을 통하여 독자들과 상호 소통하면서 작품의 전개에 독자들의 의견을 반영하기도 한다.

스마트폰으로 소설을 읽는 사람이 많아지면서 모바일 웹소설이 인기를 끌고 있다. 네이버북스 · 카카오페이지 주도로 시장이 형성된 가운데 문피아 · 조아라 등 웹소설 전문 연재 플랫폼이 생겼으며, 교보문고를 비롯해 리디북스, 예스24 등 도서 유통회사들도 웹소설 시장에 뛰어들었다. 웹소설의 시장규모는 2013년 100억원, 2014년 400억원, 2016년 1000억원, 2017년에는 2000억원 규모로 폭발적인 증가일로에 있다.

네이버북스나 카카오페이지 두 서비스 모두 남성보다는 여성 이용자가 많다는 뚜렷한 특징이 있다. 앱랭커에 따르면 카카오페이지는 여성이 전체 이용자의 57%를 차지하고 있으며, 나이별로는 10대가 전체 40%를 차지하고 있다. 네이버북스는 여성 이용자가 전체의 68%, 10대가 전체 이용자의 29%, 20대가 27%를 차지하고 있다.

이들은 주로 로맨스, 판타지 장르가 시장을 주도하고 있다. 문피아 측은 2017년 들어 「재벌집 막내아들」「마운드의 짐승」「톱스타 이건우」「환생천마」 등의 작품이 많은 인기를 끌었다고 밝혔다. 엄선웅 문피아 전략기획팀장은 "웹소설은 스마트폰 세대에 적합한 형태의 콘텐츠라서 소비가 쉽고, 접근성이 용이하다"며 "종이책을 들고 다니는 수고로움을 덜 수 있어 인기가 있다"고 말했다. 이어 "합리적인 가격과 다양하고 수많은 콘텐츠를 언제든지 볼 수 있다는 것도 장점"이라며 "웹소설은 장르문학을 지향하기 때문에 장르소설의 충성도 높은 독자들 선호를 그대로 가져가고 있다"고 덧붙였다.

교보문고의 경우 2017년 4월 웹소설 연재 서비스 톡소다를 오픈했다. 송기욱 교보문고 eBook사업팀장은 "최근 3~4년 사이 웹 소설 시장이 폭발적으로 커졌다"며 "웹소설이 인기를 끄는 데에는 시대적 원인이 가장 큰 것 같다. 요즘에는 책 말고도 읽을거리가 많아졌고, 콘텐츠를 소비하는 경향이 굉장히 가벼워졌다"고 분석했다.

짧은 시간에 간편하게 소비하는 문화콘텐츠인 '스낵컬처'를 선호하는 경향이 생기다 보니, 시작은 웹툰(만화)이었지만 웹소설로 이동했고 둘 다를 보는 사람들이 늘어났다. 웹소설이 드라마나 영화 소재로도 활용되다 보니 관심을 많이 받는 결과라는 분석이다.

출판계 한 관계자는 "종이책 시장이 한계치가 왔다고 보기 때문에 웹소설 시장 쪽으로 눈을 돌리고 있다"며 "앞으로 누가 양질의 콘텐츠를 더 많이 확보하느냐에 따라 승부가 가릴 것"이라고 내다봤다

한편 웹소설이 시장 경쟁력을 가지려면 다음과 같은 몇 가지 조건이 충족되어야 한다. 우선 유료 사용자를 끊임없이 만족시켜야 한다. 웹사이트는 사용자들이 얼마나 접속하느냐에 따라 수익이 결정된다. 접속료가 회당 500원이면 만 명이 보면 5백만 원이다. 이용자 수가 증가하면 서비스가 느려지기 때문에 서비스를 안정화하기 위해서 서버를 충원해야 한다. 웹소설 전문 사이트 북팔의 경우 월간 사용자가 80만 명이 넘는다고 하니 다른 웹소설 카페 이용자들을 합하면 그 숫자나 시장이 무한하다는 걸 알 수 있다.

두 번째로 장르의 다변화 문제이다. 지금은 로맨스나 무협, 판타지 등에 한정되어 있다. 주 고객층이 10대에서 30대인데 남자들은 무협이나 판타지를 여자들은 로맨스 장르를 즐겨 찾는다고 한다. 이에 스포츠, 순수문학 등 젊은 사람들이 좋아할 장르 계발이 필요하다.

또 하나는 중국 등 해외 진출로 시장을 넓히는 것이다. 음악이나 드라마 등이 한류를 이끌었듯이 웹소설도 번역이나 필요한 장치만 갖춘다면 얼마든지 세계로 뻗어 나갈 수 있다.

인기 있었던 웹소설 전문 커뮤니티의 인터넷 소설의 양상

을 보면 다음과 같다.

* 네이버 : 박범신 「촐라체」, 황석영 「개밥바라기」, 파울로
  코엘류 「승자는 혼자다」

* 다음 : 공지영 「도가니」, 이기호 「사과는 잘해요」, 김이한
  「집으로 돌아가는 길」

* 문학동네 인터넷커뮤니티 : 공선옥 「내가 가장 예뻤을
  때」, 김훈 「공무도화가」, 정도산 「낙타」

* 교보문고 : 정이현 「너는 모른다」, 전경린 「풀밭 위의 식
  사」

* YES24 : 박민규 「죽은 왕녀를 위한 파빈느」, 백영옥 「다
  이어트의 여왕」

* 인터파크 : 김경옥 「동화처럼」, 전아리 「양파가 운다」

* 한국문화예술위원회 웹진 '문장' : 강영숙 「크리스마스에
  는 훌라를」

이들은 연재되는 동안 많은 독자를 가지게 되고 또 인터넷
상에서 홍보가 된 관계로 연재가 끝난 다음 종이책으로 발간
되어 베스트셀러가 되기도 했다.

4. 전자책(e-Book)

서적의 정보를 전자적으로 저장하여 단말기를 통해 책처
럼 읽을 수 있도록 만든 시스템이 전자책이다. 종이출판의

일반적 한계를 뛰어넘는 여러 가지 특성 때문에 오래전부터 주목받아온 미디어로 2000년대 중반 이후 무선인터넷과 같은 정보통신의 발달과 전용 단말기가 빠른 속도로 보급되면서 출판 산업과 독서 문화를 혁신하고 있다. 줄여서 이북(e-book) 또는 디지털북(Digital book)이라고도 한다.

2000년 7월 미국 작가 스티븐 킹은 자신의 홈페이지에 매달 연재한 소설을 독자들이 직접 내려받게 함으로써 전자책의 성공 가능성을 처음으로 타진했다. 2000년 10월 독일에서 열린 제52회 프랑크푸르트 국제도서전에는 전 세계 50여 개국 2,000개 출판사가 전자출판물을 가지고 나왔다.

이렇듯 전 세계의 출판계에서는 기존의 종이로 된 출판물을 컴퓨터 기술을 활용한 전자책으로 대체하려는 움직임이 활발하다. 전자책에는 그 기능 및 종류가 다양하지만 대체로 들고 다니기 편리하도록 소형으로 설계된 단말기에 각종 정보를 담아 언제 어디서든 꺼내어 읽어 볼 수 있도록 되어 있는 것이 특징이다.

중앙의 문학단체에서 이런 디지털시대를 대비하여 전자책에 관심을 가지고 디지털문학관, 전자문학도서관을 개관하고 있고, 문학단체들도 카페에 사이버문학관을 마련하여 종이책을 전자책으로 바꾸는 작업을 전개하고 있다.

전자책은 인쇄의 잉크가 마르기도 전에 시장에서 퇴출되어 버리는 종이책들을 영구 보관할 수 있고 어디서나 쉽게 그리고 저렴한 가격으로 구해 볼 수 있는 장점이 있어서 앞으로 종이책을 대체하게 될 것이다. 그리고 전자책들이 각국의 언어로 번역되면 세계인들이 한국문학을 쉽게 접할 수 있는 기회가 많아질 것이다.

전자책의 본격적인 확산은 2007년 전자상거래 회사 아마존이 전자 종이 디스플레이를 사용한 독자 포맷인 킨들(Kindle)이라는 단말기를 출시하면서부터다. 한 손에 가볍게 잡을 수 있는 정도의 크기를 가진 킨들은 이동통신망을 이용하여 수천 권의 도서를 아무 때나 어디서든 서버로부터 내려받을 수 있고, 전자도서관으로부터 빌릴 수도 있다.

2010년 애플이 출시한 태블릿 단말기 아이패드(iPad)도 전자책 디스플레이 기기로 각광을 받고 있다. 이 기기는 인터넷, 이메일, 동영상, 음악, 게임, 지도 검색 등이 가능할 뿐만 아니라 자사의 콘텐츠 판매 채널인 앱스토어 방식을 준용한 전용 판매 채널인 아이북스토어(iBook Store)를 통해 전자책 열람이 가능한 것이 주 특징이다.

전자책의 가장 큰 특징은 검색을 빨리할 수 있고 정보를 바로 수정하거나 최신 내용으로 바꿀 수 있으며 각종 효과 장치를 설치하여 현실감을 살릴 수 있다는 것이다. 그러나 전자책이 대중화되기 위해서는 단말기와 콘텐츠를 지속적으로 공급해 줄 수 있는 기술이 개발되어야 한다. 그리고 독자들에게 전자책 관련 장비를 싸고 편리하게 공급할 수 있어야 하고 독자들이 기존의 종이책에 대해 가지는 향수를 극복할 수 있도록 해야 하는 과제를 안고 있다.

5. 맺는말

앞에서 본 바와 같이 이미 종이책은 사양화 단계에 접어들었고 문인들이 남긴 작품들도 디지털화하지 않으면 멀지 않아 사라질지도 모른다. 그래서 도서관이나 전문가들은 기존의 자료들을 디지털화하고 있다. 또 디지털 문학전문 제작업자들이 등장해 문인들의 책들을 유료로 만들고 있는데 아직은 그 가격이 비싸 대중화되고 있지 못하고 있다. 능력 있는 문인들은 스스로 인터넷상에서 전자책 만드는 기술을 습득하여 자신의 책을 디지털화하기도 한다.

가까운 미래에는 서점에서 또는 인터넷으로 종이책을 주문하는 사례는 줄어들고 대형서점에서도 전자책을 다운받아 보게 하는 영업행위가 호황을 이룰 것이다. 그리고 다양하고 많은 자료를 가진 전자책 제작출판사가 종이책 출판사를 대신하여 호황을 누릴 것이고 통신사나 포털사이트, 대형서점 등이 전자책을 확산시킬 것이다.

따라서 문인들은 아날로그식 글쓰기의 고답적인 자세에서 벗어나 디지털 세대 독자들에게 능동적으로 다가서려는 노력이 필요하다. 보고 듣는 영상과 음성에 길들여진 디지털 세대들의 관심을 끌 수 있는 문학작품도 나와야 한다.

그러나 대중문화의 콘텐츠환경에서 예술성과 대중성의 조화 문제, 상업화에 따른 문학정신의 옹호 문제가 디지털시대 문학인들에게 던져진 과제다.

참고자료

한국소설가협회, 디지털시대의 한국소설의 세계화, 2015 신예작가포럼
최준호, 북팔데이터로 알아본 웹소설 시장의 가능성. 스타트업리포트
신효령, 웹소설에 빠지는 시대. 뉴시스 기사

제주 유배인, 그들이 남긴 문학

「제주문학관 건립을 위한 세미나」 발제문
2016년 7월 5일 제주문화예술재단

들어가며

유배란 조정에 죄를 지은 중죄인을 당장 사약을 내리기 전에 먼 곳으로 안치시키는 오형 중의 하나다. 죄의 경중을 따져서 본인의 고향에서만 생활하게 하는 본향안치(本鄕安置), 멀리 떨어진 제주 같은 섬에서 유배생활을 하는 것을 절도안치(絶島安置)라 하고 그중에서도 거주지를 제한하기 위하여 울타리를 둘러치는 위리안치(圍籬安置), 더 중한 죄인은 집 주변을 탱자나무 등 가시덤불로 쌓아 외인들의 출입을 금지했던 가극안치(加棘安置) 등이 있었다. 제주는 수륙천리에 교통 또한 불편하고, 본토와 격리된 절해고도라는 지리적 여건 때문에 유배지로는 가장 적합한 곳이었다.

조선 왕조 약 500년 동안에 200여 명의 사람들이 제주도에 유배되었다. 그들 중에는 1722년(경종 2)에 유배된 신임과 같이 84세의 최고령자가 있었는가 하면, 소현세자의 3남

석견(石堅)은 4세로 최연소자였다.

유배자의 신분도 광해군을 비롯하여 왕족과 외척·문무 양반·학자·승려·환관 및 서울의 도적과 북방 국경지방을 넘나든 죄인에 이르기까지 다양했다. 특히 정조 때 유배되었던 조정철은 무려 29년(1777~1805)이나 제주목·대정현을 오가며 귀양살이했다.

유배인의 신분은 왕족이거나 학자, 고위 관직의 정치인들이 많았다. 그들은 신분이 높았기 때문에 그들의 문화나 학식이 유배지의 주민들의 생활에 많은 영향을 미치었다. 그리고 최익현의 「유한라산기」, 김춘택의 「별사미인곡」 등은 고등 국어와 문학 교과서에 실리고 대학수학능력시험에도 출제되는 등 주목을 받고 있다.

본고에서는 이 유배인들 중에서 김정, 이건, 김춘택, 김윤식이 남긴 문학에 대해서 살펴보고자 한다.

유배문학의 범주

유배문학이라 할 때 그 범주가 보는 사람에 따라 각양각색이다. 어떤 사람은 제주에 유배 왔던 사람의 전 생애 작품을 포함시키는가 하면, 어떤 이는 제주에서 쓴 작품만을 대상으로 한다. 즉 유배인 문학과 유배문학을 구분할 필요가 있다. 우암 송시열은 제주에서 100일 동안 유배를 살다가 국문을 받기 위해 한양으로 압송 도중 정읍에서 사약을 받고 절명한다. 그는 공자, 맹자에 비길 만큼 성인이라는 유학자로서 최고의 지위에 올라 송자라는 칭호를 받았고 사후 그가 쓴 글을 모은 「송자대전」이 왕조 주도로 간행되었다. 한데 이를 유배문학이라 할 수 있을까?

또한 조선 시대에 제주도에 목민관으로 파견된 사람이 280명이나 되는데 이들은 유배인이 아니면서 문학적 자료들을 많이 남겼다. 가령 제주 목사로 좌천 발령을 받았으나 치병을 이유로 부임하지 않았다가 경남 사천으로 유배 간 규암 송인수(송시열의 종증조부)는 오현(五賢)으로 추앙받고 있지만 이를 어느 범주에 넣을 것인지, 또한 이형상의 제주도에 대한 지방지 『남환박물』, 『탐라순력도』와 1601년 역모 사건 때 안무어사로 제주에 파견된 청음 김상헌은 일기체 형태의 기행문 『남사록(南槎錄)』을 남겼는데 이를 양반 문학이라 하여 따로 장르를 설정하여야 할 것인지 유배문학의 성격 규정을 확실히 할 필요가 있다.

유배인이 남긴 문화

제주도로 유배되는 경우는 거의 종신형이나 다를 바가 없었다. 물론 유배형에 있어서 일정한 기한이 정해져 있었던 것은 아니었고, 정세 변화에 따라 사면되어 석방되거나 다른 곳으로 이배되기도 했다. 따라서 제주도에서 10여 년의 유형 생활을 보낸 사람도 많았다. 그들 중에는 중종 때의 김정처럼 사사되는 경우도 있었고, 광해군이나 보우처럼 유배지에서 종명을 한 사람도 있었다. 또한 사면된 뒤 벼슬길이 열려 중앙 정계에 진출한 예도 있었고, 혹은 1807년(순조 7)의 조정철처럼 유배지였던 제주도에 목민관으로 부임해오는 때도 있었다. 심지어는 제주도에 정착하여 입도 시조가 되는 일도 있었다.

그들은 왕족이거나 그 당시 상류사회의 사람들이기 때문에 제주 주민들에게 언어와 행동, 일상생활을 통해서 많은 영향을 끼쳤다. 의식주의 개선, 언어와 예절, 습속 등을 유교식으로 순화시키기도 했다.

왕족 이건과 김정, 송시열, 최익현 등의 석학과 김정희, 김춘택 등 문화예술인들의 유배는 제주문화에 적지 않은 영향을 끼쳤다. 송시열은 유배 기간 동안 제주에는 없었던 생강 농사를 지었고 제주 향교에서 책을 가져다 읽으면서 독서에 매진했다.

구한말의 개화사상을 깨우친 김윤식은 유배생활 동안 제주 출신 유림 10여 명과 귤원시회를 만들어 활동을 전개하는가 하면, 고종의 사위였던 박영효는 유배 시설 제주도 최초의 중등교육기관인 의신학교를 설립하고, 근대 여성학교인 신성여학교 개교 등을 이끌어 개화의 씨앗을 뿌렸다. 또한

일본에서 특수 작물의 씨앗을 들여와 제주 원예농업 발전에
기여하였다. 사후에도 그들이 남긴 사상, 문학, 예술 등은 제
주의 후학들에게 많은 영향을 안기어 굴림서원이 생기고 문
하생들이 중앙 관계에 진출하는 계기를 만들었다.

그런가 하면 부정적인 면도 있었다. 제주의 민란들, 방성
칠 난이나 이재수 난 등에 유배인 본인이나 후손들이 관련되
어 있음을 알 수 있다. 특히 가장 혹독한 유배 지역이었던 대
정 지역이 민란의 중심지였다. 또한 그들의 의식주를 해결해
주었던 것이 현지인들이었으므로 경제적으로 힘들게 했다.
실제 제주의 3읍에 유배인들이 많이 몰리자 도적이 성행하
고 그로 인해 말을 기르기가 힘들 정도라서 죄인들을 육지로
보내 달라고 상소하는 일도 있었다.

주요 유배인의 제주 관련 작품

김정의 「제주풍토록(濟州風土錄)」

충암 김정(1486~1520)은 중종 때 여러 관직을 거쳐 대사
헌 · 형조판서 등을 역임하며, 조광조와 함께 미신타파 · 향
약시행 등에 힘썼다. 그러나 기묘사화(1519)에 연루되어 극
형에 처하게 되었으나, 영의정 정광필(鄭光弼) 등의 옹호로
금산(錦山)에 유배되었다가, 진도를 거쳐 다시 제주도로 옮

겨왔다.

그의 적거지는 제주읍성 동문 밖 금강사지(金剛寺址)였는데, 결국 그는 신사무옥(1521)에 연루되어 사림파의 주축인 생존자 6인과 함께 중죄에 처해, 1521년(중종 16)에 사약을 받고 제주에서 최후를 마쳤다.

「제주풍토록」은 김정이 1519년(중종 14) 11월에 일어난 기묘사화로 인하여 진도에서 제주도로 이배되었던 1520년 8월부터 사사(賜死)되던 1521년 10월까지의 생생한 체험기록이다. 충암집 권4에 실려 있다.

「제주풍토록」은 김정이 36세 되던 1521년 외조카로부터 제주도의 풍토와 물산에 대해 질문을 받고 답장으로 써 보냈던 것으로 추정하고 있다. 이는 어숙권의『패관잡기』를 인용하며 외질에게 답장을 하면서 제주도의 풍토에 대하여 자세히 기록한다는 표현과 책 내용에 외질을 지칭하는 군이라는 표현으로써 알 수 있다.

「제주풍토록」은 제주도의 기후를 설명하는 것으로 시작하여 적거지인 금강사 옛 절터의 생활과 심회를 적는 것으로 끝맺고 있다.

구성은 크게 기후 및 지리적 환경, 풍물과 습속, 언어와 사회상, 토산물과 특산물, 유배지의 환경과 정신적 상황의 다섯 부분으로 나누어볼 수 있다.

제주의 기후에 대해서는 "겨울에도 덥다. 바람이 세어 병들기 쉽다. 비 오는 날이 많아 물기가 많다. 가옥들은 기와집이 거의 없어 정의현과 대정현의 관사도 띠로 지붕을 덮었고 세력 있는 품관인 집 외에는 온돌도 없으며 집이 깊고 침침하다.”고 적고 있다.

　제주의 풍속에 대해서는 “‘이들은 사신(祠神)을 숭상하여 내력이 올바르지 못한 신당(淫祠)이 300여 개가 있었고 무당이 많다. 또한 뱀을 신으로 받들고 있어, 뱀을 죽여야 한다고 가르치지만 그들은 뱀에 대한 신앙을 버리지 못하고 있다.”고 개탄하였다. 또한 “세력이 있는 자들은 진무(鎭撫), 여수(旅帥), 서원이었고 약자에 대한 강탈과 관리들의 탐학이 심했으며 처를 데리고 사는 승려가 많았다. 척박한 땅에 지형은 분간하기 어려웠고, 샘과 우물이 적었는데 짠물이 나오는 샘도 많았다.”고 적고 있다.
　또한, 말소리가 본토와 다르다는 것을 밝히며 알아듣기 어렵다고 했다.

　들짐승 가운데 여우, 호랑이, 토끼, 곰 등이 없고 산물로는 노루 · 사슴 · 꿩 · 참새 · 전복 · 오징어가 많으며, 산나물로는 삼백초와 고사리가 가장 많고, 해조류로는 미역, 가사리, 청각 등이 있으며 사기그릇과 유기는 없다고 하였다. 토산물로는 표고와 오미자가 가장 많이 난다고 했다. 사면이 바다로 둘러싸여 있는 이곳에서 소금이 부족하여 진도나 해남 등지에서 무역해다 쓰고 있는 점이 이상하다고 했다. 당시 귤과 유자는 9종류가 있었는데 이 가운데 김정은 청귤을 최고로 쳤다.

김정의 눈에 비친 16세기 초 당시 제주의 사회상은 문명의 암흑지대였다. 학문하는 이가 거의 없었고, 부정과 비리가 난무하여 정의가 외면당했다. 약육강식의 동물적 생리가 판을 치며, 무당들이 사회적 비리에 편승하는 등의 반문명의 양산지로 보인 것이다.

김정은 "위리안치(圍籬安置))된 유배지 주변의 절망적 상황에서도 생의 의욕을 포기하지 않고 과실수를 심어보기도 하고 때로는 남몰래 한라산을 오르기도 했다."고 밝혔다.

대부분 지방의 풍토기 편찬의 의도는 백성을 지배하기 위한 통치자의 편의성에서 출발하였으며 이는 정치적 목적에 제공되었다.

그러나 「제주풍토록」은 이러한 성격에서 벗어나 실제 체험을 바탕으로 16세기 제주지역의 풍토와 상황을 생생하게 그려낸 풍토지이다. 한편, 다른 기행문에서는 볼 수 없는 문장의 비장함을 맛볼 수 있어, 문학적으로도 훌륭한 수필로 평가된다.

이외에 그는 제주도에서 생활하는 동안 많은 문학 작품을 남겼는데 대표적 수필로 「도근천 수정사 중수권문」, 「한라산 기우 제문」 등이 있다.

이건의 「제주풍토기(濟州風土記)」와 「제양일록(濟襄日錄)」

이건은 선조의 손자인 인성군(仁城君) 공(珙)의 아들로 태어났다. 자는 자강(子强), 호는 규창(葵窓)이다. 1628년(인조 6) 아버지인 인성군이 진도로 귀양 가서 돌아오지 못하게 되자, 아버지의 죄에 연좌되어 이건의 형제들도 제주도에 유배되었다. 8년 만에 강원 양양으로 이배되었고 1637년 복직되며 풀려 나왔다. 시·서·화에 모두 뛰어나서 삼절(三絶)이라 일컬어졌다.

「제주풍토기(濟州風土記)」는 이건이 1628년부터 1835년까지 8년간 제주도에서 유배생활을 하면서 제주도의 기후와 토지상태·풍습·생활상 등을 기록한 것이다. 유배지인 제주도를 배경으로 창작한 유배한문수필이다. 작자의 문집인 『규창집(葵窓集)』은 이건의 막내아들인 화릉군(花陵君) 이조(李洮)에 의해 1712년 초간본, 1729년 중간본이 목활자로 간행되었으며 권5 잡저(雜著)에 「제양일록(濟襄日錄)」과 「제주풍토기」가 수록되어 있다.

「제주풍토기」는 탐라(耽羅)의 위치와 조류를 이용해 찾아오는 뱃길(1단)로 시작해서 신당, 뱀 신앙 등 민간신앙(2단), 기후와 관의 민폐(3단), 목축상황과 목자의 어려움(4단), 농경상황과 농사법(5,6단), 짐녀와 제주여인의 풍속(7단), 귤의 종류와 진상상황(8단), 해산물과 잠녀(潛女)의 풍속 및 관원들의 갖가지 횡포(9, 10단), 민간 신앙의 일면(11단), 동식물 현황 (12단), 탐라개국신화인 삼성신화(13단), 헌마로 부총관에 오른 김만일과 둔마에 관한 이야기(14단) 등을 망라하여 견디기 힘들었던 유배지 제주의 생활을 정리(15단)하는 것으로 끝을 맺는다.

이건이 기록한 제주의 모습은 구렁이와 뱀을 조상의 신령(府君神靈)으로 여겨 죽이지 않고, 화복을 빌고 길흉(吉凶)을 점치는 신당(神堂)에 대한 기록과 삶의 어려움의 일면을 보여준다.

가장 괴로운 것은 좁쌀밥이고, 가장 두려운 것은 뱀이며, 가장 슬픈 것은 파도 소리다. 도성에서 날아오는 소식으로는 고향 소식을 꿈속의 넋으로나 부쳐보는 수밖에 들어볼 길이 없다. 질병이 닥쳐도 다만 어쩔 수 없이 죽음만 기다리며 침이나 약을 시행해 볼 방도가 없다.

그는 왕족으로서 호의호식했었는데 쌀이 나지 않은 제주도의 생활이 어려움을 토로하고 있고, 병이 나도 그저 죽음을 기다려야 하는 제주 섬이 온 나라 유형지 중에서 중죄인들을 묶어두는 가장 적당한 곳으로 표현했다.

또 제주민에 대한 관가의 침탈은 여름에 한라산 정상에서 얼음을 채취케 하고, 견디기 힘든 목자와 잠녀에 대한 기술에서 보인다. 대정현에 간혹 논이 있다고 하지만 토지가 매우 척박하여 쌀이 귀하고, 이를 대신하여 밭벼(山稻)를 심어도 경작에 어려움이 많음을 기록하고 있다.

이외에 귤의 종류와 진헌(進獻)의 실상, 물통을 등에 지고 나르고 여럿이 모여 구슬픈 노래를 부르며 방아를 찧는 섬 여인의 모습 등을 소개하고 있다.

특히 제12단은 제주도의 동식물 현황을 기술하고 있는데 제주도에는 곰·호랑이·승냥이·이리 등의 악수(惡獸)가 없고, 토끼·여우·까치 등의 동물이 없다. 식물 중에는 생강(새앙)이 전혀 없다고 했다.

이건은 김만일이 제공한 백마를 타고 온 섬을 돌아다니며 직접 보고 겪은 내용을 「제주풍토기」로 남겼다. 그가 유배를 끝내고 돌아갈 때 백마를 배에 실어 육지로 보내면서 자신의 처량함을 빗대어 「백마를 보내며」란 한시를 지었다. 그리고 제주도와 양양(襄陽)에 유배되었던 전말을 기록한 「제양일록(濟襄日錄)」은 17세기 서귀포시 지역에 대한 기록이 있어 당시를 이해하는 데 도움이 된다. 「제양일록」에는 1633년에는 존자사(尊者寺)에 올랐지만 한라산 정상은 보지 못한 아쉬움을 적고 있다. 같은 해 8월에는 산방(山房)을 들러 구경하고, 불교의 신앙심이 깊은 좌수 김진(金珍)을 만나기도 했다. 유배를 사는 동안 제주 섬에 천연두가 돌아 누이와 함께 많은 사람이 죽은 사실을 「제양일록(濟襄日錄)」에 기록하고 「누이를 곡하며」란 한시를 남겼다.

또한 양양으로 이배하라는 명을 받았으나 출륙금지령 때

문에 함께 떠나지 못하는 제수와 아이들을 위하여 지은 시 「동생의 아이와 헤어지며 시에 차운하여」가 남아서 안타까운 이별 장면을 전하고 있고, 형과 동생이 부인인 제주 여인을 만나는 애처로운 장면을 「아들과 어미의 만남」이란 시로 읊고 있다. 그들의 형제들은 제주 여인을 만나 혼인을 했지만 그는 독신으로 지냈다. 그러나 그가 유배지가 바뀌어 제주를 떠나는 날, 화북포구까지 따라와 술잔을 기울이며 이별을 슬퍼하는 여인에게 써준 「송별연에서 기녀에게 줌」이라는 한시는 일품으로 남아 있다.

「제주풍토기」는 17세기 초반 서귀포 지역의 풍속과 상황을 정확하게 이해할 수 있는 좋은 자료가 되며, 제주도 민속을 연구하는 데에도 큰 의의가 있다. 조선 중기의 개인적인 한문수필로서 수필의 형식을 잘 갖춘 작품으로, 16세기에 쓰여진 김정(金淨)의 「제주풍토록」과 비교하여 17세기 당시 제주도의 풍토와 상황을 이해하는데 좋은 자료가 된다.

한편 1896년 3월 이건의 초고 전부를 편집하여 『규창유고(葵窓遺稿)』가 발간되었는데 여기에는 제주에서 지은 시 오언절구 5수, 칠언절구 29수, 오언율시 18수, 칠언율시 26수가 들어있다.

김춘택의 「별사미인곡」

김춘택(金春澤 1670~1717)은 조선 후기 문인이다. 자는 백우(伯雨), 호는 북헌(北軒)이다. 김춘택은 부친인 김진구가 1689년(숙종 15)~1694년(숙종 20)까지 제주 동천에 적거하는 동안 부친을 따라와 모시며 체류했다. 1689년(숙종 15) 기사환국(己巳換局)으로 서인(西人)이 제거되자 집안이 크게 화를 입어 여러 차례 투옥 또는 유배되었다가 1694년(숙종 20) 갑술옥사(甲戌獄事)로 풀려났으나, 서인이 다시 노론(老論)과 소론(少論)으로 갈라져 노론이 탄핵되자 유배되었다. 1706년(숙종 32) 세자(世子 ; 경종)를 모해(謀害)하려 한다는 무고를 받고 제주도에 유배되어 동천, 산지, 남문 청풍대 등지에서 살았다.

이 체류와 적거 기간 동안 많은 시문을 지었는데, 그는 제주에 12년간 살았다. 그의 유배기간이 길어지자 기록에 남길 글을 짓겠다는 일념으로 글을 썼다.

그는 당대에 문장으로써 그를 따를 사람이 없다는 자부심을 가지고 있었으며, 실제로 그런 평을 받았다. 그의 스승이자 작은할아버지인 서포 김만중이 한글로 지은 『구운몽(九雲夢)』과 『사씨남정기(謝氏南征記)』를 한문으로 번역하기도 했다. 또한 송강 정철의 「속미인곡」을 모방해 한글로 「별사미인곡」을 지었다. 저서로는 『북헌집(北軒集)』 20권 7책과 만필(漫筆) 1책이 있다.

특히 『북헌집(北軒集)』 권12~16은 「수해록문(囚海錄文)」 30편이 있는데 제주도의 풍물과 자신의 귀양살이의 쓰라린 정경을 묘사한 자위와 체념, 회고로 점철된 시문집이다. 이밖에 「초년록」 「취산록」 「은귀록」에도 유배기간 중에 쓴 시가 있다.

「별사미인곡」은 그 시대에 한문 숙어가 거의 없는 순 한글체로 언어 구사의 평이성을 살린 점은 높이 살만하다. 작자의 문집인 『북헌집 北軒集』 권4 논시문(論詩文)에 의하면 작자가 제주도 마지막 거처인 제주성 남쪽의 집에서 지은 것으로 추정할 수 있다. 거기에 「남성 안에 집을 옮기고」란 시에 여인의 모습이 나온다. 그 여인을 김춘택은 지기라고 하며 자주 어울렸으며 그 여인의 모습을 「별사미인곡」에서도 찾아볼 수 있다.

이보소 져 각시님 셜운말슴 그만하오
말슴을 드러ᄒ니 셜운줄 다 모를쇠
인년인들 ᄒ가지며 니별인들 갓탈손가
광ᄒ젼 빅옥경의 님을 뫼셔 즐기더니
니러를 ᄒ였거니 지앙인들 업슬손가
히다 저문날의 가ᄂ 줄 셜워마소
엇더타 니 니몸이 견흘디 젼혀없니
광ᄒ젼 어디머오 빅옥경 내 아던가
원앙침 비취금의 뫼셔본적 ᄇ히없니
내 얼골 이 거동이 무엇로 님길고
질슴을 모ᄅ거니 가무야 더 니를가
엇언지 님향ᄒ 흔 조각이 이 ᄆ음을
하ᄅ리 심기시고 셩현이 가라치셔

뎡학이 알펴잇고 부월이 두히이셔
일빅번 죽고죽어 뼈가 길니된 후ㅈ도
님 향흔 이 ㅁ음이 변흘손가
나도 일을 가져 놈의 업순 것만 어더
부용화 오슬 짓고 목난으로 ㄴ 못사마
한를긔 맹셰ㅎ여 님 섬기랴 원이러니
조물 싀긔흔가 귀신이 희즈온가
내 팔즈 그만ㅎ니 사롬을 원망흘가
내 몸의 지은 죄를 모르니 긔더 죄라
나도 모르거니 놈이 어이 아도던고
한르하 살ㅁ인가 이 몸의 되녀이셔
(이하 생략)

이보소 저 각시님 서러운 말씀 그만 하오
말씀을 들어보니 서러운 것이 끝이 없소
인연인들 한가지며 이별인들 같을 것인가
광한전 백옥경에 님을 모셔 즐기다가
이별을 하였거니 재앙인들 없을 것인가
해 다 저무는 날이 가는 것을 서러워마소
정녕코 이 몸을 견줄 데가 전혀 없네
광한전이 어디 있던가 백옥경을 내가 알던가
원앙침과 비취금을 모셔본 적이 없네
내 초췌한 얼굴과 거동으로 어찌 임을 사랑할꼬
길쌈을 모르거니 춤과 노래 더 이를가
무엇이 어떻던지 님 향한 일편단심
한 조각 마음은 하늘이 주시고

세상 이치 통달한 성인이 가르치시어

끝없는 지옥은 눈앞에 시퍼런 도끼는 뒤에 있다하더라도

일백번 죽고죽어 뼈가 가루가 될 지언정

님을 향한 이 마음이 변할리야 있을 것인가

나도 일을 가져서 남이 없는 것만 얻어서

연꽃으로 옷을 짓고 목련으로 꽃신을 신어서

하늘에 맹세하여 남 섬기는 것이 소원이건만

조물주의 시기인가 귀신이 훼방을 놓는 것인가

내 팔자가 이러니 어찌 사람을 원망할 수 있으랴

내 몸의 지은 죄를 몰라서 더 큰 죄인가

나도 모르는데 남이 어이 다 알리요

하늘이 이 몸을 그리되게 하셨는가

(이하 생략)

「별사미인곡」은 4음보 1행으로 계산하여 모두 79행이며, 율조는 3·4조가 가장 많이 활용되고 있다. 가사의 분량은 송강의 양미인곡을 모방하여 창작하였으나 구성은 「속미인곡」과 같이 대화체로 되어 있다.

대화체 구성이라는 점에서 「속미인곡」에 가까우나 내용에서는 「사미인곡」의 영향도 보인다. 군주에 대한 원망은 거의 보이지 아니하고 간절한 충성을 읊었다는 점에서 연군가사의 면모가 두드러지며, 유배가사로서도 가사문학사에도 중요한 위치를 차지하고 있다.

저자는 스스로 이 가사를 지어놓고 다음과 같이 자평했다.

옛날에 임금에게 사랑받던 여자들이 애오라지 버림받은 내용을 이야기하는데, 그 대사가 송강 것에 비하여 더욱 완곡하고, 그 가락은 더욱 쓰라리다

그러나 언어의 구성은 능란하다 하여도 양미인곡에 비하여 정제되지 못한 점이 있다. 국문학사상 미인곡계 가사 가운데 한 부분을 차지하는 가사로서 의의를 지니며, 당쟁으로 얼룩진 조선조 역사의 반영으로서도 의미를 지니는 작품이란 평가를 받고 있다.

김윤식의『속음청사(續陰晴史)』

김윤식은 1887년(고종 24) 5월 29일부터 별세하기 20일 전인 1921년 12월 31일까지 35년간의 자신이 체험한 사건들을 한문 일기로 기록해 두었는데, 그것이『음청사(陰晴史)』와『속음청사(續陰晴史)』이다. 김윤식은 우리나라 최초의 신문인『한성순보』를 창간하고 창간사를 쓴 언론인이어서 그런지 일상의 소소한 것까지 기록하는 습관이 있었다.

김윤식은 을미사변 때 명성황후 폐위 조칙에 서명한 일로 1897년 12월 환갑이 넘은 나이에 종신유형을 선고받고 제주에 왔다. 귀양 왔다가 1901년 신축년에 이재수의 난이 발생하면서 7월 전라도 무안의 지도(智島)로 이배되었다.

『속음청사』중 권8, 권9와 권10의 상 부분은 김윤식이 제주도에 유배된 1897년 12월 21일부터 전라도 지도로 이배

된 1901년 7월 16일까지의 4년 반 남짓한 기간 동안의 일기이다.

권8~12는 1896년(건양 1) 아관파천 이후 제주도와 지도(智島)에서 귀양살이할 때의 제주민란과 러 · 일 관계가 자세하게 기록되어 있다. 특히 동학농민운동과 청일전쟁 · 갑오경장 · 을미사변 · 아관파천 등 급변하는 국내외 정세에 관해 기록하였다. 제10권 1901년 6월 19일까지는 제주도에 유배 중일 때의 일기이다. 두 차례에 걸친 제주도의 민란(民亂)에 관해 상세하게 기록하였으며, 그다음부터 제12권 1907년 6월 26일까지는 지도로 옮긴 시기의 일기로 특히 각종 신문을 토대로 하여 국내외의 정세에 관해 기록하였다.

여기에 나타난 제주에서의 삶은 모순에 차 있고, 자조적이며 향락적이었다. 당시 제주 사회의 분위기는 중앙 정객의 비위를 맞추는 데 급급했다. 비록 유배인의 신분이었으나 그들은 여전히 중앙의 권력자였으며 그런 착각 속에 살았다.

그는 제주에 유배와 투옥된 지 40일 만에 풀려나 성안에 있는 교동(현 관덕로 옛 박종실 집안)에 있는 김응빈의 집에 적소를 마련해 옮긴다. 당시 제주 판관을 지낸 김응빈은 감옥으로 그를 찾아가 친분을 쌓았다. 수시로 면회를 하며 제주 관아의 상황을 알려주고 제주 유지들과도 친분을 맺도록 주선했다. 김응빈의 집에 머물고는 도저히 유배인이라고 볼 수 없는 중앙정계의 고관대작으로서 누렸던 서울에서와 별

반 다를 바 없는 생활을 누렸다. 1898년 2월 20일 당일『속음청사』에 기록된 일기를 보자. 이때는 방성칠난이 일어나는 등 제주사회가 어지러울 때였다.

집채가 높고 널따랗고 높아 시원하며, 화려하고 좋아 책상 탁자도 정결했다. 화원에 산보할 곳도 있었고 주인의 접대도 아주 후하였으며 내놓는 음식도 풍미가 입에 맞아 서울 맛이 안 나는 게 없다. 적객의 신분으로는 더욱 분에 넘친다(이하 생략).

앞에서 본 유배인들과는 전혀 다른 적거지 생활을 하고 있음을 알 수 있다.

김윤식은 자연스럽게 유배인 모임을 만들어 좌장 역할을 했다. 제주의 상류층 유지들과 어울려 「귤림시회」를 만들어 시회 후에는 퇴기들을 불러 유흥을 즐기었다. 시회는 '화분에 매화꽃이 피었다'는 이유로, '마당에 핀 국화가 아름답다'는 구실로 아침부터 모여 밤도 모자라 새벽닭이 울 때까지 술을 마셔대는 모임이었다. 이들의 모임에는 기녀들이 동석했다. 이 시회는 1898년 4월 22일 첫 모임을 가진 후 이재수난이 발발할 때까지 계속되었다. 이 「귤림시회」가 제주도 한문학 발달과 중앙과 지방의 문화교류에 이바지했다는 이도 있다.

『속음청사』의 내용 중 제주 적거 부분에서는 당시의 국내외 정세, 제주도 유배인의 생활, 부패한 관료의 행태, 과다한 부세, 제주도의 농업과 어업, 제주의 풍속과 인심, 그리고 김윤식과 교류했던 제주인 등에 대해 자세하게 기록하고 있다. 특히 김윤식이 유배 와 있는 동안 제주도에서 일어난 방성칠의 난, 이재수의 난에 대한 내용도 기록되어 있다. 이 두 민란이 유배인과 연관 있다는 것을 밝히고 있다.

『속음청사』는 김윤식의 사생활을 기록한 일기이기는 하지만 시대 상황에 대한 예리한 통찰력, 객관적인 판단력과 기술 태도는 이 문헌의 사료적 가치를 높여준다. 이 책은 김윤식의 일생이 말해주듯이 한말의 파란만장한 격변의 역사를 조명해 주는 귀중한 사료로 평가되고 있다.

특히 제주유배 중 지은 시만을 모아 「영도고」를 펴냈는데 문학적, 정서적으로 가장 안정됐다는 평가를 받았으며, 그가 펴낸 시문집 『운양집』은 일제 강점기 때 우리나라에서 간행된 책 중 가장 문학성이 뛰어난 저작이라는 평가를 받아 일본 학사원상을 수상하기도 했다.

나오며

유배인들이 남긴 문학 작품에는 가사, 수필, 한시, 시조, 서간문 등이 있다. 위에서 기술된 것 외에 대표적인 가사 작품으로 이진유의 「속사미인곡」, 안조언의 「만언사」 가 있고,

수필의 대표적 작품으로 홍유손의「정의관사 중수기」「존자암개구유인문」, 정온의「대정현관안 서」「대정현 동문안에 위리된 내력을 적은 기문」「덕변록의 서문」등의 작품과 최익현의「유한라산기」등이 있디. 김정희의 한글과 한문 서간문과 한시, 송시열, 유혁연, 조관빈의 시조와 정온, 이익, 광해군, 송시열, 신임, 임관주, 조정철의 한시 작품들도 있다. 이들 작품에 대한 연구와 평가가 제대로 이루어져야 장르로서의 제주 유배문학이 제자리를 찾을 수 있을 것이다.

참고문헌

김익수 역,『규창집』, 제주문화원, 2010

김익수 역,『북헌집』, 전국문화원총연합회제주도지회. 2005

『국역 속음청사』, 제주문화원, 1996

김순이, 표성준,『제주유배인과 여인들』, 여름언덕. 2012

한국민족문화대백과사전, 한국학중앙연구원

희곡, 연극 그리고 인생

희곡은 내 인생의 탈출구이자 종교

'인생은 태양에서 와서 태양으로 가는 여정이다.' 대학교 문학개론 강의 시간에 들은 말인데, 그 말이 내 인생의 나침판이 되었다. 태양에서 와서 지구라는 정거장에 한 백 년 머물다 태양으로 돌아가는 것. 그래서 지금 나는 생명체가 사는 유일하고 아름다운 행성 지구에 머물고 있다.

그런데 그냥 머무는 게 아니라 수많은 시간과 공간에서 많은 상황과 환경과 인간을 만난다. '인생은 아름다운 여행'이라고 규정하고 나니 인생길에서 만나는 사람들, 맞닥뜨리는 현실 문제들을 긍정적이고 적극적으로 받아들이게 됐다.

우리가 한곳에 머물든 떠나든 거기에는 늘 새로운 시간과 상황이 공존하기에 동일한 일상은 없다. 늘 새로움을 만들어 내는 일상이라 또 다른 내일의 세상이 기다려진다.

세계는 인종과 종교, 언어, 이념 등에 의해 많은 나라가 존재하지만, 현대의 세상은 직종이나 취미, 운동, 게임 등 관심사가 같은 사람들끼리 국경 없는 공동체를 이루며 살아가고 있다. 가상현실 같은 세계 속에서 예술의 나라, 과학의 나라, 스포츠의 나라, 게임의 나라 등 수많은 나라들이 존재한다. 물론 이들은 유기적으로 연결되어 있고 서로 자유롭게 왕래하며 교류한다. 예술의 나라도 따지고 보면 여러 개의 도시들로 분화해 있다.

난 지구라는 세상을 떠돌다 예술나라 문학이라는 섬에 안착해서 희곡이라는 동네와 소설이라는 동네를 오가고 있다. 그곳에서 각기 다른 환경에서 살아온 또는 살아가는 여행자들을 만나고, 그들을 통하여 새로운 세상과 인물을 창조해 낸다.

희곡은 내 주변의 혼란스러움과 방황에서 벗어나게 해준 탈출구였고, 절망의 구렁텅이에서 구원해 준 종교 같은 존재다. 내가 대학에 다닐 당시는 군부독재의 무력이 횡행하던 때였다. 머리 기르고 옷 입는 기본적인 인권마저 제약을 받았고 가정사에서도 경제적 파탄에 직면해 있던 상황이었다. 왕성한 청춘의 끓는 피가 분노와 갈등으로 길을 잃고 방황을 하던 때, 그 탈출구가 연극이었고 구원해 준 것이 희곡이었다. 어찌 보면 그건 현실을 외면하는 도피의 방편이었지만 부조리한 현실을 글로 써서 고발한다는 면에서 보면 현실에 대한 외침이었다.

희곡은 이중적인 장르다. 문학으로 보면 희곡이지만, 연극으로 보면 공연의 대본이다. 결국 희곡의 생명은 공연에 있다. 작가가 쓴 대로 배우는 무대에서 관객을 대상으로 직접 말한다. 시가 노래이고 소설이 서사라면 희곡은 행동(동작)을 보여 주는 장르다. 문자로 되어 있는 문학이 핫미디어라면 희곡은 살아 움직이는 쿨미디어라는 점에서 내 성정에 맞았다.

작가는 현실을 직시하며 작품을 통하여 세상과 대화 한다. 초기의 내 작품은 다소 거칠고 정제되지 못한 언어와 내용으로 사회의 부조리를 고발했고, 상징화했다.

인생을 어느 정도 경험하고 알만큼 된 지금은 목소리를 낮추고 비켜서서 관조하는 작품을 쓰는데 그것이 더 힘들다. 모든 장르가 그렇겠지만 쓰면 쓸수록 어렵다. 독자나 관객의 기대치가 갈수록 높아지기 때문이다. 그래도 자판을 찍을 힘이 있을 때까지 고해하듯 써야 하는 게 내겐 숙명이다.

*『수필오디세이』10호 (2022년 여름호) 게재

제주연극의 도약을 위한 방안 모색

대한민국연극제 제주유치기념학술토론회 주제발표문
(2022년 6월 21일)

1. 제주연극의 현실과 과제

제주도 현대 연극은 70년의 역사를 가졌다. 1950년 6 · 25 전쟁에 대비한 제1훈련소가 모슬포에 마련되면서 많은 피난민들이 제주에 모여들기 시작하면서 중앙 연극인들에 의한 연극 붐이 도내 학교를 중심으로 연극 활동이 전개되었다.

1992년 전국연극제가 제주에서 개최되면서 그 여파로 많은 신생 극단들이 창단되었고 연극 활동이 활발하게 일어났다. 2000년대에는 IMF 사태 여파로 극단들이 생겨나고 없어지기를 반복하다가 2010년대에 들어서면서 다시 극단들이 생겨났는데 2022년 현재 제주에서 활동하고 있는 연극단체는 아동극, 대학 극회 등을 포함해 20여 개에 달한다.

그러나 극단은 많지만 연기자는 많이 부족하다. 몇 극단을 제외하고 연기자가 서너 명에 불과한 극단들이 많다. 지원금을 받는 행사에만 일 년에 한두 편 공연하거나 아예 공연을 오래 하지 못한 극단도 있다.

매년 개최되는 제주청소년연극제에 많게는 8개의 학교 백여 명 이상의 학생이 참가하는데 이들 중 연극을 전공으로 하여 진학하는 학생들도 10여 명은 된다. 그러나 재능이 있어도 서울이나 타 시도로 진출하는 경우가 대부분이다. 제주에도 연극전문 학원이 몇 군데 있지만 결국엔 서울로 빠진다. 지역에서는 그만큼 무대에 설 기회가 적기 때문이다.

오래된 극단의 경우는 어떤가? 구성원을 보면 30, 40대 연기자를 찾아보기 힘들고 대부분이 50대, 60대들이다. 그들이 직업으로 연극을 하고 있지만, 기능이 늘지 않은 연기자들이 고참이라고 붙박이로 공연에 참가하기 때문에 공연 수준이 나아지지 않는다.

연극에 대한 지원과 기회가 많아지면서 제작 여건이 좋아졌지만, 공연 수준이 나아지지 않은 또 하나의 이유는 자체 극작에 자체 연출 때문이다.

기본이 안 된 작품에 늘 같은 연출과 작업을 하니 관객들에게 외면을 당하면서도 지원금이 나오기 때문에 덜 익은 작품도 무대에 올린다.

일 년에 여섯 작품 이상씩 공연하는 극단도 있다. 2개월에 한 편씩 무대를 올리려고 하니 작품에 대한 분석이나 작품 수준을 따질 여유가 없다. 붕어빵 찍어내듯 연습도 연기도 기계적으로 한다. 지원금을 받았으니 관객이 오든 텅 빈 채로 공연하든 신경 쓰지 않는다.

현실에 안주하면서 공연 올리기에 급급하니 변화가 있을

리 없고 발전이 없다. 해외 명작이나 국내 유명 작가의 작품을 찾아낼 여유도 능력도 갖추지 못하고 매너리즘에 빠지는 것이다.

신진 극작가의 작품이 무대에 오를 기회도, 신인 연출가의 출현 기회도 그만큼 적어진다. 결국 전문성이 부족한 사람들끼리 평가받을 기회도 없으니 제주 연극은 늘 제자리걸음이다.

어느 지역이나 마찬가지겠지만 제주에서 연극인들의 수입은 열악해서 극단 대표나 몇 사람을 제외하고는 생업이 되지 못하고 부업을 가지니 연습에 매진할 수 없다. 연극으로 벌어들이는 연 수입이 1천만 원이 넘는 사람은 손가락 꼽을 정도다.

도세가 작다는 이유로 전국대회 출연 경비도 타 시 · 도에 비해 형편없이 적다. 그런데도 가끔씩 전국무대에서 수상을 하고 오는 것을 보면 제주연극인들이 대견스럽다.

제주국제대학교에 공연예술과가 생겨 졸업생을 배출한 지 몇 년 되었다. 그들 중 도내 연극계에 종사하는 인원은 졸업생으로 구성된 극단 소속 말고는 찾아보기 힘들다.

이들이 자생력을 가지고 제주에서 연극 활동하기가 어려워 전부 육지로 빠져 나간다.

수준 높은 공연을 위해서 또는 유능한 연극인 육성이라는 차원에서라도 제주도립극단 창단은 늦어도 한참 늦었다.

2. 연극인의 육성과 인프라 구축

가. 고등학교에 연극과 개설

제주 연극의 도약을 위한 조건 중의 하나가 연극 인프라 구축이다. 도내 고등학교 예술 관련 학과에 미술, 음악은 있지만 연극과는 없다. 연극제에 참여하거나 연극학원을 다니는 학생들을 고려하면 일 년 20명 정도는 충분한 수요가 있다.

예술은 현재가 아니라 미래를 위한 투자다. 이들이 제주에서 교육받고도 졸업 후 제주에 활동할 수 있는 여건이 되거나 중앙이나 외국으로 진학할 수 있는 기회를 제도적으로 만들어 준다면 중장기적으로 제주 연극이 도약할 기반이 된다. 그러기 위해서 우선 제주도 내에 예술고등학교가 만들어져야 하고 연극학과가 개설되어야 한다.

나. 지속적인 연극인 육성 프로그램 지원

다음으로 한국문화예술위원회나 한국연극협회 차원의 중장기적 연극아카데미 개설이 바람직하다.

제주연극인들의 재교육 차원에서 신진 연극인의 체계적인 교육을 위해서도 이런 프로젝트는 필요하다. 그래야 주먹구구식 공연 행위를 떠나 기본이 갖춰지고 완성도 높은 무대를 기대해 볼 수 있다.

또한 국립극단 분원을 유치하여 수준 높은 공연을 관람하면서 또는 제주 연극인들이 객원으로라도 참여하면서 제주에서의 연극 붐을 조성하는 일도 한 방법이다.

다. 극단 지원 방법 개선과 확대 방안 강구

다음으로 행정당국의 지원이 일부 극단에 편중되고 있다. 도내 극단의 지원이 부익부, 빈익빈의 현상이 심화되고 있는데 기회의 형평성 측면이 간과되고 있다. 매년 여러 경로로 지원받고 있는 극단은 그런 경력이 축적되면서 모든 지원사업에서 우위를 점하지만, 지원을 받지 못해 일 년에 한편도 공연을 못 하는 극단은 활동 이력이 부족해 매번 기준에 못 미쳐 탈락하는 경우도 있다.

제주문화예술재단도 지원하는데 그치지 말고, 사후 공연에 대한 평가를 냉정하게 해서 차후 지원에 반영해야 한다. 또한 지속적인 지원의 횟수를 제한해서 많은 극단들이 혜택을 볼 수 있게 해야 할 것이다.

도내에서 가장 규모가 큰 상주단체 지원의 경우도 몇 개 단체, 몇 개 극장에 한정되고 있다. 현재 대상 극장은 제주설문대여성문화센터, 서귀포 예술의 전당, 김정예술회관 등 3곳인데 공립단체가 상주하고 있는 제주문화예술회관, 제주아트센터 등에서도 사용기간을 조정하여 상주단체를 둘 수 있어야 한다. 또한 제주한라대학교의 한라아트센터와 제주특별자치도교육청의 제주학생문화원 등과 협의하여 상주단체를 둘 수 있다면 상주단체나 예비단체의 수를 늘릴 수 있어 더 많은 극단이 혜택을 볼 수 있을 것이다.

라. 행·재정적 지원 확대

다음으로 제주문화예술재단 등에서 연습공간을 확보하여 극단들이 실비로 대여하여 연습을 한 수 있도록 배려가 필요하다.

또한 사설 소극장에 대한 행·재정적 지원과 전세금 일부 보조도 필요하다. 가령 소극장 프로그램 운영에 대한 지원은 소극장을 통해서 이루어지는 연극 활동(가령 청소년 연극, 동호인 연극 등)을 지원함으로써 연극의 저변을 확대할 수 있는 효과도 얻을 수 있다.

이런 연극의 환경적 인프라 구축이 선행되어야 제주연극이 안정적으로 발전할 수 있다.

3. 제주공립극단 추진의 역사

가. 제주시립극단창단추진위원회

1992년 전국연극제가 제주에서 개최된 이후 제주연극계는 제주연극의 획기적이고 안정적인 발전을 위한 공립극단의 필요성이 공감대를 이루고 1996년 12월 2일 기자간담회를 열어 제주시립극단의 창단 추진을 공식적으로 피력했다.

그간 전국공립극단 실태조사를 하고 제주연극협회 이사회와 연극인 단합대회를 열어 창단추진위원회 구성 및 운영체계를 꾸준히 논의해 왔다.

여기서 창단 취지와 목적으로 다음 사항을 내세웠다.
첫째 제주시민의 고급예술 향수욕구 충족
둘째 문화예술도시로서의 자긍심 확보
셋째 제주 고유의 설화를 연극화한 정기공연
넷째 세계화 시대에 걸맞은 수준 높은 연극공연
다섯째 타 예술 장르와의 균형적 발전

창단의 기대 효과로는 다음 다섯 가지를 내세웠다.
- 연극의 관광자원화를 통한 관광객 유치
- 관광홍보 사절단으로서의 제주시의 대외 이미지 제고
- 사회교육장으로서의 인성교육 역할수행
- 타 장르와의 협력을 통한 총체극 공연
- 연극인들의 안정적인 지위 보장과 공연 활동

1996년 당시 제주의 공립예술단체로 제주도립민속예술단과 제주시립합창단, 제주도립교향악단 등이 조직되어 활동하고 있었다. 또한 전국적으로 8개 시·도에 시립·도립극단이 이미 활동 중이었고 서울시립극단 등 6개 시도가 공립극단 창단을 추진 중에 있었다.

당시 제주연극인들은 제주시의회 의원들과 협의를 거쳐 긍정적 결과를 도출하였다.

이에 1996년 12월 3일 제주시립극단 추진위원회(위원장 강용준)가 공식적으로 발족되었다. 여기에는 당시 제주연극협회 전 회장, 원로연극인, 당시 도내 4개 극단 대표, 제주연극협회 이사 등이 참가했다.

추진위원회는 여러 번의 회의를 거쳐 추진 방향과 일정, 재원 마련 계획, 극단의 규모와 인력 수급 대책, 극단의 운영 방침 등을 마련했다. 구체적인 안을 마련해서 제주도지사를 면담하고, 제주도문화예술진흥원과의 간담회를 갖는 등 지속적인 추진 활동을 전개했다.

나. 추진상의 난제들

그런데 여러 가지 걸림돌들이 발생했다.

우선, 타 장르(오페라)의 지속적인 로비와 방해였다.

당시 도지사의 선거 캠프에 있던 제주대학교 모 인사가 오페라단의 창단을 도지사에게 요청했다. 시립극단이 창단되면 오페라단은 물 건너간다는 위기의식을 느꼈는지 덩달아 도립오페라단의 창단 필요성을 언론에 띄우기 시작했다. 결국 제주도문화예술진흥원에서 간담회를 개최했는데 이미 도백이 오페라단 쪽으로 지시를 내린 모양이었다.

그렇게 해서 오페라기획단이 제주도립예술단 조직에 끼어

들었는데 그 이후 도립오페라단이 공연을 했다는 소식은 듣지 못했다. 그리고 2022년 현재 오페라단에 관련된 인력은 제주도립예술단 내에 한 명도 없다.

제주도지사의 문화예술에 대한 마인드도 걸림돌이 됐다.

선출직 지자체의 단체장은 모든 정책의 선택 권한과 책임을 진다. 다시 선거를 치르고 지사가 바뀌어 면담하는 자리가 마련됐는데 제주공립극단의 창단을 요청하자 재정 소요 예산이 얼마나 되느냐고 물었다. 당시 인건비와 3편 제작비 등으로 2억 원이 소요되는 것으로 추정된다고 말했더니, 지사는 연 2억 원을 지원해 줄 테니 2억 원을 벌어올 수 있느냐고 반문을 해왔다.

문화예술에 대한 투자를 경제 논리로 이해하는 도백과는 더 이상 대화가 되지 않았다. 제주에 살면서 이런 지사를 가졌다는 게 창피해서 타 시·도 연극인들에겐 말도 못 했다.

또 하나의 실패 원인은 도내 연극인들의 소극적인 참여 때문이다. 극단 대표 중에는 공립극단이 생기면 자생적인 도내 극단들의 공연 활동이 위축되거나 행정 당국의 지원에 불이익을 당하리라는 기우를 가진 분도 있었다. 또한 공립극단 단원이 되지 못하게 되면 갖게 되는 상실감과 질투심을 공공연하게 드러냈다. 그렇게 해서 1996년에 처음 시작된 제주시립극단 추진은 동력을 잃고 지지부진하게 지속되다 중단되었다.

그 이후에도 제주연극협회 지회장 선거 때마다 후보들이 공립극단 추진에 대한 의욕을 드러냈으나 명시적으로 이루어진 결과물은 없었다.

4. 제주도립극단 설립 시 기대 효과

가. 예술 장르 간 균형 발전 지원

제주는 국제자유도시의 완성을 추진하고 있다. 또한, 연간 2천만 명이 찾는 명실상부한 국제적 관광도시이다. 여기에 행정 당국은 풍부한 정신적 문화유산을 가지고 있는 제주에서 문화예술을 창의적으로 활용하여 도민이나 관광객들에게 삶의 질을 고양할 책무가 있다. 이에 고급문화예술을 제작하고 향유하게 하는 것은 품격 높은 문화예술도시를 지향하는 최우선 정책이어야 한다.

제주특별자치도 문화진흥원 산하 제주도립예술단(단장 행정부지사)에는 제주도립무용단, 제주교향악단, 제주시합창단, 서귀포시관현악단, 서귀포시합창단 등 5개의 단체가 있는데 무용과 음악에 편중되어 있다.

공연 예술 장르 간 균형적 발전 지원이라는 측면에서도 도립극단의 창단은 시급한 과제다.

나. 도립극단 창단의 효과

제주도립극단이 창단됨으로써 얻을 수 있는 효과는 다양

하다.

우선 연극을 전공한 우수한 연극 인재들을 영입할 수 있다. 경험 많은 실력 있는 연출가와 연기자들을 활용하여 수준 높은 작품을 무대에 올릴 수 있다. 이는 제주도의 예술 브랜드 작품으로서 레퍼토리 형식으로 상시 공연이 가능하다.

근년에 이르러 제주도나 제주시나 서귀포시에서 막대한 예산을 들여 창작뮤지컬, 오페라 등을 제작하고 있으나 이는 3~4회 공연에 그치고 사장되고 있다. 이의 근본 원인이 중앙 공연제작사에 수주를 주어 제작하고 공연하기 때문이다.

막대한 제작비가 효율적으로 사용되는지 확인할 방법이 없다. 연출가나 연기자들도 그 한 작품을 위해서 계약되고 공연이 끝나면 뿔뿔이 흩어져 재공연 시에는 또 막대한 비용을 지불해야 한다. 누군가 책임지고 하나의 작품을 언제고 다시 공연할 수 있는 시스템이 안 되기 때문에 비효율적이다.

도립극단이 창단되면 이러한 시간적, 경제적 비효율성을 과감하게 줄일 수 있다. 또한 제주도립예술단 산하에 있는 단체를 활용하면 제주 설화를 바탕으로 한 춤과 합창, 기악 연주 등으로 고유의 총체극을 제작할 수도 있다. 이런 완성된 작품을 문화사절단으로 국내·외 공연 파견이 가능해지면 제주 문화의 우수성을 홍보할 수 있다.

한 작품이 완성되면 몇 회의 공연으로 끝나는 것이 아니라 매년 정기적인 공연으로 제작비를 절감할 수 있고, 작품의 완성도를 높일 수 있다. 관객의 입장에서 보면 타지에서 공연되는 작품과 비교하면서 수준 높은 공연을 감상하며 문화 도시에 사는 자긍심을 높일 수 있다.

연극인들의 처지에서 보면 안정적인 수입과 단원들 간 경쟁을 통한 작품 제작 참여로 소극장이나 극단 자체 제작의 한계적인 활동에서 자신의 기량을 연마하고 확대할 수 있는 기회가 된다. 극단 차원에서도 상호 보완적인 차원에서 경쟁을 하게 되고 작품의 수준이 관객들에게 비교 평가받는 계기가 될 것이다. 결국 이러한 상황이 제주 연극인들에게는 자극이 되고 제주 연극이 도약할 수 있는 계기가 된다.

5. 전국공립극단의 현황과 분석

(2020년 기준)

극단명	창단연도	단원구성 및 운영 현황
강원도립극단 (재단법인)	2013	총7명 (예술감독1, 파견공무원2, 공연기획실장, 홍보기획PD, 제작PD1, 객원1) 예술감독/상임단원 연봉제, 제작비 8억, 연 3편(정기3)공연 재단이사장 경제부지사, 도 출연금 운영, 독립성, 예술감독 전결

경기도극단 (법인)	1990	총33명(예술감독1, 상임연출2.기획실장1, 기획PD3, 상임26(수석단원4.차석3) 예술감독 연봉제/단원 호봉제 무기계약(매년2회 평정, 2년마다 오디션평정) 제작비 3억2천, 6편공연(정기4. 기획2)
경남도립극단	2020	총14명(예술감독1, 사무장1, 기획PD1 홍보1, 사무1, 비상임 예능단원 9명), 제작비 도 예산지원, 3편(정기1, 기획1, 기타1) 공연 경남문화예술회관 산하, 단장 행정부지사
경산시립극단	2017	총3명(예술감독1, 단무장1, 조연출1) 임기2년(연임) 예술감독/상임단원 연봉제 객원연출/객원출연 계약제. 단장 부시장 제작비 2억(5천 인건비) 연2편(정기2, 수시2)
경주시립극단	1987	총17명(예술감독1,상임16), 연수단원 2명 임기 2년, 연장 가능, 예술감독 연봉제/단원 호봉제 제작비 2억2천, 정기공연 매년3편(시 행사 별도)
광주시립극단	2012 재창단	총4명(예술감독1, 운영실장1, 무대감독1, 기획1) 무기계약 정년보장, 예술감독 연봉제/단원 호봉제 제작비 5억, 연4편(정기2, 기획2) 공연 광주문화예술회관예술단(관장 행정파견) 내 8개 단체
대구시립극단	1998	총20명(예술감독1, 트레이너1, 수석1, 정단원9, 제작기획1, 사무단원2, 인턴5) 예술감독 연봉제, 단원 호봉제 제작비 1억5천, 7편(정기4, 기획1, 찾공2)공연

목포시립극단	1995	총7명(예술감독1, 단무장1, 상임단원5) 비상임연출 연봉제/상임단원 호봉제 공연제작비 4천, 2편(정기)공연
부산시립극단	1998	총22명(상임12, 비상임10) 에술감독 연봉제/단원 호봉제/비상임 계약직 제작비1억, 연 8편(정기4, 기획2, 찾공2)
서울시극단	1997	총10명(단장1, 지도단원2, 기획1, 단원6), 인턴단원10 예술감독 연봉제/단원 호봉제 공연제작비:5억. 8편(정기,기획)공연 재)세종문화회관 산하 서울시예술단 소속
수원시립공연단	2015	총16명(운영3, 상임9. 연수4) 예술감독 연봉제/상임단원 호봉제 제작비 5억2천, 4편(정기2, 기획1, 찾공1)공연
순천시립극단	1985 1990	총12명(상임연출1,훈련장1, 단무장1, 수석1, 차석1, 상임7)/정원30명. 상임연출 연봉제/ 상임단원 호봉제 제작비 2억5천 5편(정기2, 기획2, 찾공1)공연
인천시립극단	1990	총28명(예술감독1, 훈련장1, 조연출1,수석 3, 제1차석3,제2차석3,상임13,사무3) 예술감독, 훈련장 연봉제/단원 호봉제 제작비 3억, 4편(정기2,기획2)공연
전주시립극단	1985	총23명(상임연출1,단무장1,무대감독1,기획 1, 수석4, 상임16) 상임연출 연봉제/상임단원 호봉제 제작비 1억4천, 4편(정기2, 찾공 2)공연
포항시립연극단	1983	총24명(상임연출1, 단무장1, 총무1, 상임14) 상임연출 연봉제/상임단원 호봉제 제작비 1억8천, 3편(정기2, 찾공1)공연

2022년 5월 현재 전국에는 국립극단을 포함하여 16개 국공립 연극단체가 설립되어 있다. 1980년대 창단된 포항시립극단, 순천시립극단, 전주시립극단, 경주시립극단, 인천시립극단, 경기도극단은 이미 30~40년의 역사와 전통을 가지고 있다.

　대다수의 단체들이 자치단체와 전속 계약으로 일하고 있으나 강원도립극단이나 경기도극단의 경우는 재단법인체를 만들어 독립적으로 운영하고 있다. 강원도립극단의 경우는 이사장이 경제부지사이나 예술감독이 단장을 맡아 전결권을 행사하고 있다. 경남도립극단의 경우 단장이 행정부지사이고, 경산시립극단은 부시장이 단장을 맡고 있으나 나머지 대부분 극단들은 예술감독이 단장을 맡고 있다.

　상임 단원을 두지 않고 기획단이나 사무 업무자만을 둔 극단은 다음과 같다.

　강원도립극단 7명: 예술감독, 파견 공무원2, 공연기획실장, 홍보기획PD, 제작PD, 객원1

　경산시립극단 3 명: 예술감독, 단무장, 조연출

　광주시립극단은 4명: 예술감독, 운영실장, 무대감독, 기획

　경남도립극단의 경우 예술감독, 사무장, 기획PD, 홍보, 사무 등 5명의 상임 단원 외에 비상임 예능단원 9명을 두고 있다.

　목포시립극단의 경우 7명의 인원인데 예술감독, 단무장, 상임 단원 5명을 두고, 공연 시 비상임 단원을 선발하여 쓰

고 있다.

서울시극단의 경우도 운영위원 10명(단장, 지도단원2, 기획, 상임단원 6명)에 인턴 단원 10명으로 구성되어 있다.

순천시립극단의 경우는 정원이 30명인데 현재는 상임 연출, 훈련장, 단무장, 수석, 차석, 상임 단원 7명 등 총 12명으로 운영하고 있다.

단원 채용은 모두가 공채이며 보수체계는 예술감독은 연봉제이며, 단원은 호봉제로 승급이 가능한 체제다. 노조가 설립된 극단이 8개 단체, 없는 극단이 7개 단체다. 연극인의 권익 보호를 위해 노조가 있어야 하지만 노조가 있으므로 해서 파생되는 폐단도 적지 않았다.

6. 제주도립극단의 창단에 있어서의 고려 사항

전국에 많은 공립극단이 있지만 운영과정에서 많은 문제점도 있다. 주무관청이나 행정당국의 공립극단 운영에 지나친 간섭과 지시는 극단의 자율성을 크게 저해하는 요인이다. 제작비 확보에 있어서 주무 관서의 미온적이거나 소극적인 태도, 시도의회와의 관계 설정도 큰 과제라고 현직 공립극단 관계자는 말했다.

해가 갈수록 공립극단의 작품 수준에 대한 의문이 제기되었고, 단원 사이에 파벌이 생기는 등 단원 간 분열이 발생하고 지역극단과의 갈등 야기도 문제점으로 지적되었다. 여기에 노조가 결성되면서 안일과 타성에 빠진 기존 단원들이 자리를 보존하려는 기득권 싸움과 신진 단원의 수혈이 원만치 않은 극단도 있었다.

이런 문제점들에 대해 연극계 원로 정진수 교수는 다음과 같이 '전속단원제'를 폐지하라고 목소리를 높이기도 했다. 제주도립극단이 창단된다면 조직이나 운영 면에서 참고하여야 할 부분이다.

'과거에 민간의 공연활동이 취약하고 부진했던 시절에는 그나마 국·공립단체들의 공연밖에는 볼 것이 없었기 때문에 이들이 우리나라 공연예술의 버팀목이 되었지만, 민간의 활동이 왕성해지기 시작하면서 국·공립단체들은 경쟁력을 상실해버렸다. 공연예술의 불모지인 지방에서는 아직도 여전히 시·도립 예술단체가 존재 이유를 가진다. 그러나 그 이외의 지역에서는 국공립단체의 공연은 천덕꾸러기가 된지 오래다.

… 소위 철밥통이라고 까지 불리는 이 전속단원제의 가장 큰 문제는 그 비효율성에 있다. 연간 공연기간은 1개월 남짓이고 나머지 300여 일을 훈련과 연습 등으로 보낸다. … 단원 개개인으로 보았을 때는 1년에 고작 2편 정도의 작품에서 그나마 제 몫을 할 뿐, 나머지 시간은 허송세월로 보낸다. 훈련과 연습이라고 하지만 공연에서 제외되거나 단역을 맡은 단원을 위한 별도의 프로그램이 있을 턱이 없다. 무용단의 경우에는 50세가 넘는 단원 가운데는 연중 단 한 번도 출연

하지 않는 단원도 있다.

(한국문화미래포럼 심포지움/ 2009. 6. 15)

7. 제주도립극단의 조직 체계와 효율적 운영 방안 모색

제주도립극단이 창단된다면 어떤 형태와 체계가 좋을까?

위에서 살펴본 기존 공립극단 운영의 문제점이나 제주도의 형편을 고려하면 제주도립극단은 기획단 형태를 제안한다.

기획단의 구성은 예술감독, 단무장, 기획PD, 업무PD, 무대PD 등 5명을 상임직으로 선정하고 이들은 2년 단기 계약으로 하되 연임할 수 있도록 한다. 기획단 선정은 별도의 전문가들로 구성된 조직에서 공개 모집을 통하여 선정한다. 예술감독은 연봉제로 하고, 나머지 단원은 호봉제로 하는 게 효율적이다. 기획단의 협의에 의해 공연 작품과 연출자를 선정하며, 공개 오디션을 통하여 연기자와 스텝 등 보조 인력을 선발한다. 선발된 인력들은 당해 작품에 대한 단기 계약을 체결하며 재공연 시는 공연 결과 평가에 따라 인원을 교체할 수 있도록 한다.

제작이 제주도립극단일 경우 연출자나 연기자가 바뀌더라도 제작권이 극단에 있으므로 언제든 재공연을 하면서 작품의 완성도를 높여 제주를 대표하는 브랜드 작품을 만들 수 있다.

공연 작품은 제주의 독특한 문화를 바탕으로 한 다양한 형태의 정극, 뮤지컬, 토탈 아트 등 다양한 형태로 제작하도록 한다. 제작된 작품은 정기적으로 재공연하도록 하고 새로운 작품은 1년에 2개 작품씩 제작하도록 한다.

기획단은 정기공연 2개 작품 제작공연을 포함하여 연 4회 이상 공연을 기획하며 제주문화예술진흥원에서는 충분한 예산을 확보하도록 한다. 제주브랜드 작품으로 제작된 작품은 제주도를 홍보하기 위하여 국내외 공연을 추진한다.

기획단의 평가와 감독은 제주도립극단 운영위원회를 두어 기획단 선정위원회 구성, 각 공연의 평가, 극단 운영의 평가, 운영 방향 설정 등에 자문하도록 한다.

8. 마무리하면서

문화예술은 품격 높은 도시를 가늠하는 척도다. 도시에 공원과 박물관, 미술관, 도서관, 대극장이 몇 개 있는가도 중요하지만 어떠한 내용을 담고 있는가, 공연 수준이 어떠한가도 문화도시를 저울질할 수 있는 기준이다.

제주특별자치도가 국제자유도시, 문화예술의 도시를 지향하면서 아직까지 공연예술의 총체인 연극을 도외시하고, 도립극단이 설치되지 않았다는 것은 부끄러운 일이다. 간헐적으로 행정시에서 막대한 예산을 들여 제주브랜드 작품을 제작하지만, 작품의 완성도 면에서나 레퍼토리 형식으로 제주를 대표할 수 있는 작품을 만들기에는 역부족이다. 수준 높은 브랜드 작품을 제작하고 체계적인 관리와 지원을 위해서도 도립극단은 반드시 필요하다.

도립극단의 창단을 위해서 제주연극인들은 구호만 내세워서는 안 된다. 제주도립극단의 창단을 위해서 제주연극협회가 중심이 되어 당장 제주도립극단창단추진위원회를 구성하여 지속적이고 체계적인 활동을 전개해야 한다. 이를 위해 연극인들 간의 총의를 모아 구체적인 실천 방안을 마련하고 세미나, 간담회 등을 열어 도립극단 창단의 필요성을 확산하며 여론을 형성해야 한다. 그리고 행정 당국이나 도의회 등과 협의를 계속하면서 도지사의 결심을 얻어내야 하는 일이 급선무다.

연극 붐이 조성되는 2023년 대한민국연극제 제주개최가 적절한 기회다. 지속적인 노력을 통해 제주연극 도약을 위한 돌파구를 마련하는 숙원 과제가 2023년에는 가시적으로 성과를 드러내길 기대한다.

나의 살던 고향은
— 물가에 달이 비치는 마을, 애월

수평선 너머로 환하게 집어등을 켠 고깃배들이 밤바다를 지키는 파수꾼처럼 일렬로 늘어서 점호를 받고 있다. 마음이 울적하거나 머리가 복잡해지면 차를 몰고 찾는 곳, 제주시에서 서쪽으로 20Km 떨어진 애월(涯月), 내가 태어난 곳이다.

'물가에 달이 비치는 마을' 이란 시적인 이름을 가진 마을은 깎아지른 절벽을 양쪽으로 둔 완만하면서도 아름다운 해안선을 가진 곳이다.

축항(포구)이 있고 돈지(길쭉하게 바다를 향하여 나온 등대가 있는 곳)가 있어 고등학교 시절까지 고향에 가면 친구들과 모여 푸른 꿈을 설계하던 공간이다.

저녁에 고기잡이 나갔던 고깃배들이 철마다 자리, 한치, 갈치 등을 잡아 만선을 하고 뱃고동을 울리고 돌아오는 새벽이면 할머니와 어머니는 포구로 달려갔다. 그물에 걸린 고기를 떼어내 주고 품삯으로 받아오는 고기들로 며칠간은 고기반찬을 푸짐하게 먹을 수 있었다. 제주의 부녀자들은 물때가 되면 바다에서 물질을 했고, 낮에는 농사일을 한다.

제주 여성들의 강인함은 생존을 위한 선택의 여지가 없는 생활환경에서 축적된 것이다. 당연히 경제권도 여자의 몫이었고, 남자들은 배 타고 나가 고기를 잡거나 농사일을 하거나 집에서 애들을 챙겼다.

보통 해녀들은 바다를 갱이통, 누깨통, 할망 바당, 해녀 바당으로 나눈다. 갱이통은 게들이 사는 얕은 바다로 발목을 적실만 한 물이 있는 곳으로, 어머니들이 물질하는 동안 어린애들이 노는 공간이다. 이렇게 물과 친해진 아이들은 누깨 통이라는 어른 무릎만한 웅덩이에서 헤엄을 배운다. 할망 바당은 먼바다를 헤엄쳐 갈 수 없는 늙은 줌녀들을 위한 비교적 가까운 바다를 말한다. 젊은 줌녀(潛女, 해녀를 제주에서는 줌녀라 부른다)들은 어른들을 공경하여 이곳에서 물질하지 않고 먼 바다로 나갔다.

줌녀에도 급이 있다. 물질이 노련하여 채취한 수확물이 제일 많은 해녀를 상군, 보통이면 중군, 아직 미숙한 줌녀를 똥군이라 부른다. 나이 많고 경력이 오래다고 다 상군이 되는 건 아니다. 그래서 상군 칭호를 듣는 것은 줌녀들에게 영광이다.

어렸을 적 할머니를 따라 바다에 갔던 기억이 새롭다. 할머니를 상군이라 하는 소리를 들은 기억이 없는 것으로 봐서 물질은 신통하지 못했던 것 같다. 한 살 터울로 우리 형제들을 낳느라 그랬는지 어려서 어머니와 바다에 같이 간 기억은 없다. 할머니는 물때가 되면 손자들을 갯가로 데리고 가 애기구덕(요람)에 눕히고 물질을 했다.

어려서부터 물결 소리와 숨비소리(바닷속에 들어갔다가 물 위로 떠오르고서 숨을 내뱉는 소리)를 자장가로 들으며 자랐다. 애월의 서쪽 끝에는 한담이라는 곳이 있는데 자그만 천연해수욕장이다. 어린 시절 이곳에서 헤엄을 익혔는데 물결이 저편으로 물러가면 바다 한가운데 모래밭이 하얗게 드러난다. 어린 시절 그곳엔 어른 손바닥만 한 대합이라는 큰 조개가 많았다.

모래밭에 서서 트위스트를 추듯 발 한쪽을 모래 속으로 집어넣다 보면 발바닥에 딱딱한 게 걸리는데 그게 대합이다. 큰 것은 집에 가져가 반찬으로 먹고 작은 것은 갯가로 나와 돌로 깨어 먹었다. 짭짤하면서도 쫄깃한 게 씹으면 씹을수록 감칠맛이다. 남들보다 먼저 좋은 자리를 차지할 양으로 모래밭이 드러나기도 전에 아이들은 헤엄쳐 그곳으로 건너갔다.

중학교 시절인가 동생과 그곳에 갔다. 동네 아이들이 헤엄을 쳐 바다를 건너자 초등학생인 동생이 자신 있다며 그들을 따라갔다. 그러나 당시 시내에 살던 동생이 어찌 맨날 바다에서 노는 그들을 따라갈 수 있겠는가? 얼마 가지를 못 해 뒤처져 허우적댔다.

물이 더 빠지기를 갯가에서 기다리던 나는 수영에 서투른 때라 섣불리 나서지를 못했는데, 동생이 물에 빠져 죽는다는 생각에 그냥 물에 뛰어들었다. 다행히 물의 깊이는 목을 넘지 않아서 헤엄 반 걷는 것 반으로 익사 일보 직전의 동생을 구했다. 동생은 그런 기억이 없다고 잡아떼지만 난 지금도 한담에 가면 그 장면이 선연히 떠오른다.

한담 바닷가를 해변 위 깎아지른 절벽 위에서 보면 그야말로 절경이다. 물결이 밀려와 모래밭을 덮은 부분은 에메랄드빛이고 바위가 있는 부분은 거므스레 하여 햇볕이 좋은 날은 하얀 물결과 검은 바위들과 어울려 장관이다. 바닷가에는 기암괴석들이 즐비하게 병풍처럼 둘러섰는데 그중에 잘 알려진 게 문필봉이다. 마치 붓을 세워놓은 것 같다 해서 불려진 이름인데 가린돌이라고도 한다.

그래서인지 애월에는 문인들이 많이 탄생했다. 대표적인 사람이 우리나라 해양문학의 시초라 할 수 있는 조선시대 『표해록』을 쓴 장한철이 이 마을 출신이고, 애월리 출신 문인들이 20여 명이나 된다.

부친은 백부가 4·3 사건에 연루되어 일본으로 피신하게 되자 백부가 운영하던 이발소를 맡아 운영했다. 아버지가 이발소를 성안(제주 시내)으로 옮기면서 우리는 시내에서 자랐다.

어렸을 적 자랐던 동네 역시 바다에 이웃한 무근성(옛날 성터가 있던 동네)이었다. 무근성 앞은 탑바리(탑이 있던 바다)라고 하는데, 이 바다 가운데서 주민들의 음용수인 단물이 솟아올랐다. 만조 시에는 물터가 보이지 않지만 간조

때가 되면 사방을 야트막한 돌담으로 에워싼 샘물터가 드러
난다.

수도가 없던 시대에 제주사람들은 이렇게 바다 가운데서
솟아오르는 용천수를 떠다 먹었는데, 저녁때가 되면 물허벅
을 지고 물 길어온 아가씨들, 부인네들로 가득 찼다. 물이 들
었다가 밀려가면서 표면이 드러나는 곳을 갯그시(갯가)라 부
르는데 특히 간만의 차가 큰 사리 때(그믐과 보름)는 물이 한
참이나 밀려 나가는데 이때를 기다려 사람들은 바릇(해산물)
을 잡으려고 갯가로 몰려든다.

어떤 때는 사리가 밤중이 되기도 하는데, 어린 시절 아버
지는 초저녁에 잠이 든 우리를 깨워서 온 식구가 바다로 가
야 했다. 아버지가 만든 횃불을 따라 돌 틈을 뒤지노라면 미
처 빠져나가지 못한 물꾸럭(문어)이 돌 틈에서 꾸물럭거리며
불빛을 따라 기어 나오고, 커다란 돌을 젖히면 그 밑에 숨어
있던 깅이(게), 먹보말(큰 고동), 구쟁기(소라), 오븐작이(전복
의 일종), 구살(성게) 같은 해물들을 한 양동이 가득 잡았다.

지금은 개발이라는 이름으로 매립되어 단물이 나오던 용
천수 터도 찾아볼 수 없고 시내 앞바다엔 갯그시도 사라
졌다.

내 고향 애월도 세월의 변화에 많이 변했다. 우리가 놀던
바닷가는 양어장이 들어서고, 포구는 콘크리트로 덮여 화물
선과 여객선이 드나드는 항구와 요트 선착장으로 변했다. 다
만 한담에는 별장과 민박시설이 들어서긴 했지만, 그래도 옛

날의 아름다운 추억을 회상하기에 알맞게 산책로도 뚫렸다.

종종 한담의 산책길을 걸으며 세월을 반추하곤 한다. 고향 친구들도 뿔뿔이 흩어지고 없지만 무심한 물결은 언제나 내 마음을 어루만져 준다. 내게 문학을 가르쳐 준 고향이다.

* 『대구 매일신문』(2012년 1월 7일 자) 게재

문학, 그 아름다운 여행에서 만난 풍경들

청춘 시절의 꿈

나는 고등학교 시절 이과 공부를 하고 있었다. 막연하게 한의사, 건축사가 되고자 했으나 수학은 늘 나에게 골칫거리였다. 그러다 영화 '바람과 함께 사라지다'를 보고 나서 영화감독 되기를 꿈꾸었다. 첫 번째 대학 진학을 실패한 이후 난 과감하게 문과로 바꿨고 재수를 하며 국문과를 선택했다.

당시 경희대 국문과에는 황순원 소설가, 조병화 시인, 신봉승 극작가, 서정범 수필가 등 내로라하는 문인 교수들이 있어서 든든한 배경이 되었다. 당시는 삼선개헌반대, 유신철폐 등 시위가 한창이던 시절이었는데 아이러니컬 하게도 대학 연극이 한창 붐을 이루고 있었다. 극의 내용이 반정부, 군사독재를 풍자하는 마당극, 탈춤이 활발했으나 주류는 정통극이었다.

그 당시 서울 명동국립극장에서 본 차범석 작 '산불'은 내인생의 좌표를 바꿔놓았다. 그 감동이 극작가를 꿈꾸는 문학도가 되었다. 희곡을 쓰기 위해서는 연극을 알아야겠다는 생각에 대학 연극반에 가입하여 연극의 제작과정을 익혔다. 그러나 연극에 대한 갈증을 채울 수 없어 기성 극단 동계워크숍에 참가했다. 삼일로 창고 극장이 있던 자리에 방태수 선생이 이끄는 「극단에저또」 연습실이 있었는데, 단원을 모집하는 정보를 듣고 문을 두드렸다. 겨울방학 3개월간의 합숙을 통하여 한 편의 연극을 제작하는 과정이었다. 훈련은 체계적이며 혹독했다. 아침 11시에 모여 신체 훈련을 하고 밥은 딱 한 끼 라면으로 때웠다. 오후에는 화술 훈련, 이론 수업, 토론 그리고 장클로드 반 이탤리 원작인 '뱀'이라는 작품을 연습했다. 이 작품은 현대사회의 여러 사건과 문제들을 엮은 정치 연극이었다. 그러나 도중에 병을 얻어 공연에는 참가하지 못했다. 결국 이듬해 휴학을 하고 낙향했는데, 이 기간이 내게는 문학을 집중 공부하는 계기가 됐다. 제주도서관에서 책을 빌려 그리스·로마신화부터 셰익스피어, 도스토예프스키, 톨스토이, 헤밍웨이 등 유명 고전 명작들과 희곡들을 섭렵하며 독학했다.

그리고 대학 교지에 희곡을 발표하고 대학연극반에서 내가 쓴 작품들을 연출도 했다. 영화감독의 꿈이 연극 감독(연출)으로 전이되는 과정이었다.

독립운동 같던 극단이어도 시절

대학을 졸업하면서 취업을 위해 경기도 교원임용시험을

보았고 다행히 합격하여 경기도 남양주, 이천, 평택 등지에서 교편을 잡았다. 그러나 때가 되면 여기저기 옮겨 다녀야 하는 생활은 내 꿈을 완성하기 어려웠다. 젊은 시절의 꿈을 펼치기 위해서 고향인 제주로 돌아왔다.

당시에 제주는 연극 불모지였다. 제주대학, 간호대학 출신 학생들과 시인, 예술가 등을 중심으로 제주 최초의 극단인 「극단이어도」를 창단했다.

연습 장소도 마땅한 곳이 없어서 개인 집, 커피숍 등지에서 책 읽기를 했고, 무용학원의 빈 시간을 이용하여 선을 밟았다. 그리고 신문사 강당을 빌어 1978년 창단 공연을 가졌다.

모든 극단이 그랬겠지만 지방에서 극단을 운영하는 일은 독립운동하는 것만큼이나 어려웠다.

대학가의 시위가 한창일 때라 사정 당국의 감시와 견제가 심했다. 행정당국에 대본을 검열받아야 했는데 공연 포스터의 스타일, 문구에도 트집을 잡고 신고필을 안 찍어 주었다. 할 수 없이 없는 살림에 포스터를 새로 제작해야 했고, 공연 준비를 마쳤는데 대본 심사를 미루다 공연 불가 판정을 받기도 했다. 주인공 역을 맡은 연기자가 회식 자리에서 시국에 부정적인 견해를 피력했다고 구금해 버려 공연이 무산된 경우도 있었다.

극단 대표는 스폰서를 찾아다니며 공연재정을 마련해야 했고, 기획, 극작, 연출 이 모든 걸 혼자 해결해야 했다. 지금처럼 극장이 많은 것도, 연습 공간이 있는 것도, 국가나 자치단체에서 지원금이 나오는 것도 아니었고 서로의 호주머니를 털며 연습 경비를 마련했다.

필자가 제주에 내려올 때 집사람과 딱 10년 만 고향의 예술발전을 위해 봉사하기로 약속했다.그래서 창단 10년이 되는 해에 제자에게 극단을 넘겨주었다. 그러나 단원들간의 마찰로 극단이 와해 될 지경에 이르자 2년을 쉬다가 다시 극단 대표를 이어받았다. 그리고 다시 10년 후 대표직을 벗었다. 되돌아보니 20여 년 동안 50여 편을 연출했다.

등단 무렵 만났던 은사들

고향에 와서 희곡을 쓰고 공연하던 어느 날, 당시 경희중학교 교감이었던 희곡작가 홍승주 선생이 제주에 관광을 왔다고 연락을 받았다. 그는 대학교 국문과 선배이면서 내 교생실습 지도교사로 많은 가르침을 주었다. 그가 내 근황을 묻더니 아직도 희곡을 쓰고 있느냐고 작품 좀 보자고 했다. 그때는 전두환 군사정권에 이어 민주화 항쟁이 한창이던 때여서 군부독재의 무단 공포정치에 무참히 쓰러져가는 무기력한 서민들의 삶을 상징적으로 다룬 작품을 써서 보냈다. 그게 1987년 『월간 문학』 제53회 신인문학상에 당선된 「방울소리」란 작품이다. 희곡을 공부한 지 15년의 습작 시절을 마치고 비로소 '작가' 소리를 듣게 됐다.

그러나 필자가 중앙 무대에 인정을 받게 된 것은 「좀녜」란 작품이다. 당시 삼성그룹에서 삼성미술문화재단을 운영하고 있었는데, 오래 전부터 '도의문화저작상'을 제정 운영하고 있었다. 섬에서 사는 나는 그런 상이 있는 줄도 몰랐는데 서울의 희곡작가들과 교류하면서 정보를 얻게 되었다. 거기에 제주 해녀들의 바깥 물질을 다룬 이야기를 써서 응모했는데 그게 1991년 제21회 도의문화저작상(삼성문학상 전신)에 당선되었다. 당시로는 상금이나 상의 권위로도 최고의 희곡상이었다. 그때 심사를 맡은 분이 연극평론가 유민영 교수, 윤조병 작가, 이근삼 작가였는데 시상식에서 처음 인사를 드렸다. 이후 유민영 선생님과는 서울과 제주를 오가면서 오랫동안 교유하면서 희곡의 트랜드와 세계 문학에 대한 많은 정보를 주셨다.

「좀녜」는 이후 수원에서 열린 전국연극제에 직접 연출하여 참가해서 제주도 연극사상 처음으로 단체상인 장려상을 받았다. 이후 서울 강서구의 초청을 받아 원정 공연을 하기도 했으며, 도내 극단들에 의해 여러 번 공연 되었다.

1993년에는 한국연극협회에서 창작극 개발 프로젝트를 공모했는데 거기에 4·3사건을 다룬 「폭풍의 바다」를 응모해 당선되었다. 그때 가르침을 주셨던 분이 윤대성 작가다. 서울문예회관대극장에서 극단 전망(연출 심재찬)에 의해 5일간 공연되었고, 제주문예회관에서도 초청 공연을 가졌다. 이 작품으로 대산문화재단이 공모한 제4회 창작기금에 당선되어

희곡집이 나오게 되었고, 한국희곡작가협회가 제정한 한국
희곡문학상을 받았다.

설문대할망이 도와준 성화 점화 연출

1998년 제주에서는 처음으로 전국체육대회가 열렸는데
이 행사는 제주 유사 이래 최초이자 최대 규모의 전국 행사
였다. 그러나 나라가 부도가 날 지경에 IMF 구제금융을 받
는 힘든 상황이었다. 어느 날 교육청에서 나를 불렀다. 제주
도교육청에서 개·폐회식 행사를 담당하게 됐는데 식전행사
총감독을 맡아달라는 것이다. 무대 연출만 했던 난 새로운
야외 연출에 도전해 보기로 하고 쾌히 승낙했다. 나는 제주
도교육청으로 파견되었고 예체능 교사를 중심으로 식전행사
기획단을 조직해서 행사를 준비했다.

식전 행사의 꽃은 성화 점화다. 역대 올림픽, 아시안 게
임, FIFA월드컵 등의 개막 행사 시청각 자료를 구해서 분석
했다. 제주가 섬이고 당시 IMF 상황인 것을 감안 해서 행사
주제를 '가자! 바다를 건너서'로 정했다. 그리고 성화 점화 방
법을 제주 신화 속에 나오는 설문대할망에 착안했다. 설문대
할망은 육지에서 흙을 퍼다 제주 섬을 만든 창조주 신이다.
신화에 의하면 설문대할망은 가난해서 속옷이 없었다. 섬
사람들에게 자신의 속옷을 만들어주면 섬에서 육지까지 다

리를 놓아주겠다고 약속했다. 설문대할망을 성화 점화에 활용해야겠다는 아이디어를 가지고 그 거대한 여신을 어떻게 형상화 할 것인가를 고민하다가 풍선에 바람을 넣어 부풀리는 광고물 제작을 하는 이벤트 업체를 만났다. 그 업체와 협의를 하면서 성화 점화로를 한라산 형상으로 만들고 성화로 밑바닥에 바다를 상징하는 비닐 천을 깔아 거기에서 설문대할망이 솟아오르도록 하고 그 거대한 여신의 손가락 속에 크레인 장치를 넣었다. 부풀어 오른 거대한 설문대할망의 손가락 위에 최종점화자인 한국 탁구의 미래인 어린 여자 선수가 올라서면 서서히 팔이 성화대로 움직여 점화를 하도록 했다. 이게 중앙일간지 톱 사진으로 실릴 만큼 성공을 거두었다. IMF의 경제 불황 속에 지치고 상처받은 사람들에게 잠시나마 위안과 희망을 보여줬다는 점에서 지금도 뿌듯함을 느낀다.

문학 공간을 마련하기 위한 여정

필자는 제주에 살면서 세 채의 문학 관련 공간을 마련하는 일에 앞장섰다. 2000년대에 들어서면서 제주도에 문학관을 건립해야 한다는 논의가 공론화 되기 시작했다. 이에 당시 도지사 선거에 나서는 후보자들에게 공약사항이 되도록 노력하였으나 당선된 도지사들은 약속을 지키지 않았다. 2005년도에 처음으로 제주문인협회와 제주작가회의가 공동으로 제주문학관 건립추진위원회를 구성하여 세미나와 토론회 등을 열며 분위기를 만들었으나 행정에서는 관심을 보이지 않았다. 그러던 중 문학인들의 강력한 요구로 2009년 도비 3억이 책정되었는데, 이 예산으로 폐교를 리모델링하여 문학관을 운용하라고 했다. 추진위원 중에는 이것을 받으면 행정당국이 생색만 내고 제주문학관 건립은 물 건너간다고 반납하자는 의견도 있었으나, 필자는 이왕 책정 된 예산인데 이 예산을 활용하여 '제주문학관건립거점센타'를 만들자는 의견을 냈다. 그래서 건물을 임대해 리모델링하여 '제주문학의집'을 개관했다. 한 지붕아래 제주문인협회와 제주작가회의 사무실이 마주보며 화합하고 교류하는 계기도 됐다.

이후 추진위원회는 여러 번 구성원이 바뀌다가 2017년 제주특별자치도에서 공식적인 추진위원회를 구성하면서 체계적인 계획과 실행에 돌입했다.

당국에서 추진계획서를 만들고 예산 마련을 위해 담당 공무원들이 문화체육부를 찾았으나 아무런 소득을 얻지 못했다. 당시 문화체육부 장관은 도종환 시인이었는데, 추진위원이던 김수열 시인과 가근한 사이였다. 그가 장관과 직접 연결하여 면담 요청을 했고, 김 시인과 이종형 공동위원장과 함께 장관 면담을 했다. 결국 38억 원의 국비 지원 약속을 받아내어 사업 추진이 속도를 내게 되었다. 제주문학인들의 건립추진 16년 만인 2021년 10월 23일 제주문학관이 개관된다.

고향인 제주시 애월읍 애월리 한담동에 장한철이란 분이 살았었다. 이분은 해양문학의 백미라고 일컬어지는 '표해록'의 저자이다. 1701년 한양으로 과거를 보러 떠났다가 풍랑에 난파 당해 유구(오키나와)까지 표류하다가 살아 돌아온 이야기를 일기 형식으로 써서 남긴 작품이 표해록인데 문학사적 가치와 의미가 많은 작품이다. 장한철 선생의 생가터를 복원하기 위해 애월 출신 제주 문인들과 애월읍 도의원, 장 씨 후손들이 중심이 되어 2014년 '녹담 장한철선생 생가복원추진위원회'를 결성해서 위원장을 맡고 행사를 추진했다. 그리고 여러 번의 행정과의 협의 과정을 거쳐 2021년 2월 개관했다. 이 공간은 앞으로 문인들의 창작실로 이용될 것이다. 이 세 채의 문학 공간은 많은 제주 문인들과 함께 노력한 결과물이다. 앞으로 제주문학관 부설로 레지던스 사업을 할 수 있는 창작관도 마련돼야 한다. 미력이나마 힘을 보탤 생각이다.

인생 여정으로서의 문학

필자는 2012년 교단을 조기 퇴직하면서 지인들에게 약속한 일이 있다. 전업 작가를 선언하며 등단 25년에 4권 뿐이던 작품집을 10권은 채우겠으며 앞으로 소설을 쓰겠노라고 공언했다. 극단을 떠나니 내 희곡을 공연하겠다는 극단도 없고, 희곡은 독자도 없는데 써야 할 동기부여도 안됐다. 그래서 돌파구로 찾은 게 소설이다. 인생이 여행이라면 지금은 문학이라는 공동체 마을, 희곡이라는 동네에 살다가 소설이라는 이웃 동네에 집필실을 마련한 셈이다.

그간 집필실을 찾아 도내 성읍, 한동, 수산, 우도, 마라도 등지를 떠돌았다. 그리고 인제 만해마을, 원주 토지문화관, 증평 21세기 문학관, 이천 부악문원 등 10여 년을 전국의 레지던스 창작실을 찾아다녔다. 이것을 남들은 유랑이라고 하지만 난 여행이라고 말한다. 곳곳에서 만났던 여러 장르의 많은 문인들, 그들은 내 문학 인생의 훌륭한 안내자며 동반자였다.

희곡이나 소설이나 서사가 기본이어서 소설이 쉽게 써질 줄 알았는데 착각이었다. 소설, 특히 장편소설은 많은 자료수집과 인터뷰, 현장 답사가 필요했다.

첫 장편인 「붓다, 유혹하다」를 쓸 때는 불교의 이론서를 찾아 오랜 시간 연구하며 공부했고, 주인공의 행적을 좇아 서울, 경기도, 강원도의 사찰을 찾아다니기도 했다.

「사우다드」는 중국 여행을 갔다가 허물어진 광개토대왕릉을 보면서 의심을 가졌다. 자료를 찾아보며 중국의 동북공정, 고구려 역사와 친일 사관에 대해 공부를 했다. 내가 소설에 자신을 갖고 동기부여를 받게 된 것은 이 장편 「사우다드」가 한국소설가협회가 주는 한국소설작가상을 받게 되면서다.

이후 2019년 3월부터 한라일보 인터넷판에 장편 「갈바람 광시곡」을 2020년 2월 까지 50회에 걸쳐 연재했다. 이는 제주 언론 최초의 웹소설이다.

그래도 희곡 작업은 놓을 수가 없다. 2020년에는 희곡집 『랭보, 바람구두를 벗다』(청어), 2021년에는 『내 인생의 백테클』(평민사)을 냈다. 이 작품들이 무대 상에서 빛을 보게 될런지는 알 수 없지만 극작가란 의무감에서 희곡집을 냈다. 글을 쓰지 않으면 그게 어디 작가인가?

내 공언한 10권의 약속은 금년 초에 완성됐다. 이제는 육체적, 정신적으로 쓸 수 있을 때까지 희곡의 형식이든 소설이든 하고 싶은 이야기를 자유롭게 쓸 것이다.

그래서 나는 소망한다. 앞으로의 여정에서도 아름다운 사람들과 풍경들을 많이 만나게 되기를.

* 『창작마을』 2021 가을호 게재

암울한 시대와 몽매한 인간들에 대한 비애

내가 처음 연극에 뛰어들었던 1970년대 말의 연극 환경은 생각만 해도 눈물이 날 정도로 힘들고 어려웠다.

그저 연극이 좋아서 열정 하나로 서로 주머니를 털어 무대를 세우던 시절이었으니 지금 와서 생각하면 어두운 진창길을 헤쳐 나온 것 같다

억울한 것은 군부 독재의 암울한 시대를 만났다는 것과 몽매한 인간들을 만나 수모를 당했던 일이다.

당시는 예술 행위 하는 것 자체를 백안시 했었고 문화예술을 모르는 공무원과 공안기관이 연극 공연을 장악했던 시절이었으니, 더구나 지방에서의 그들의 횡포는 어처구니없는 일이 많았다.

지금은 극장도 많아지고 정부에서 보조금도 주지만 당시엔 보조금은 고사하고 일제 강점기처럼 연극 공연을 관에서 장악하려고 대본 검열이라는 게 있었다.

대본 검열은 안기부(지금의 국정원)에서 했는데 나중에 알고 보니 심사를 했던 사람은 연극에는 관련이 없고 제주에서는 잘 알려진 시인인 대학교수였다.

정부의 시책을 비판하거나 사회에 대한 불만 내용이 들어가면 미풍양속을 해칠 수 있다는 명목으로 공연 불가 판정을 내기 일쑤였고, 그래도 공연을 강행하면 극단을 강제 폐쇄시키고 대표는 경찰서에 불려가서 혹독한 고초를 겪기도 했다.

한번은 봉세관의 횡포에 대항하여 일어선 제주의 민란을 다룬 연극을 준비할 때였다.

도청 문화예술과에 공연 신청서를 넣으니 며칠 후 출두하라는 연락이 왔다. 공연 제목이 '골마파람'(고을 마파람)이었는데 제목이 선동적이고 혐오적이라는 것이다. 아무리 설명해도 막무가내다. 관련 기관에서 이미 불가 판정이 났다는 것이다. 공연을 준비하면서 극장과 광고 스폰서도 구하고 포스터까지 찍어 놓은 상태였으나 어디다 하소연할 데도 없었다.

또 한번은 부조리 연극인 이오네스코의 「대머리 여가수」 공연을 준비하던 때였는데, 시청에 포스터 부착 신고를 받으러 갔다. 그런데 불가 판정이 났다. 우리는 딴에 부조리극에 맞게 포스터를 가로로 붙이거나 세로로 붙이거나 제목을 볼 수 있게 왼쪽과 아래쪽 두 군데 써넣었다.

헌데 보는 사람에게 혼동을 주게 되므로, 어느 한쪽으로만 쓰고 다시 찍어오라는 것이다. 제작비가 귀한 형편이라 사정을 해서 할 수 없이 한쪽은 청테이프로 막는 조건으로 심사 필 도장을 받고 포스터를 붙였다.

연극 연습이 끝나면 자연스레 뒤풀이가 이어졌고, 술을 마시다 보면 자연 시국에 대한 불만과 비판이 나올 수밖에 없었다.

그런데 어느날 한 연기자가 연습에 나오지 않았는데 알고 보니 경찰서에 잡혀갔다는 것이다. 시국에 대한 불만을 강하게 어필하던 친구였는데 전날 울분 토하던 얘기를 옆자리에 있던 형사가 듣고 귀가하던 그를 잡아간 것이다.

그리고 그가 다니던 회사에 압력을 넣었는지 연극을 지속하면 해고하겠다는 협박에 주인공 역을 맡고 연습하던 그는 연극을 그만두게 되어 공연이 좌절된 경우도 있었다.

그런데 더 심한 것은 같은 동업자끼리의 질시와 배척이었다. 나는 서울에 있는 대학에 다니면서 연극반에서 연극을 시작했고, 방학을 이용하여 기성 극단 견습생으로 들어가 합숙 훈련을 하며 연극의 기초과정을 습득했다.

그리고 대학을 마치자 고향에 내려와 본격적인 연극 활동을 하고자 제주에 최초의 극단 이어도를 만들 때였다.

당시 제주에는 극단이라는 게 없었고 모 종교사회단체에 극회가 있었다. 그때 창단 멤버들은 고향 여러 대학의 학생회 간부 출신이거나 문인들로 의식이 있는 엘리트들이었다.

연습은 대학생들이 많이 드나들던 다방(지금의 까페)의 한 모퉁이를 빌려 했었는데, 어느 날은 한창 연습 중인데 연세가 있는 사람이 나를 보자고 했다.

저녁 늦은 시간에 약주를 걸쳤는지 불콰한 얼굴로 자신은 모 극회 지도위원이라고 했다. 한마디로 연극을 뭘로 아느냐. 연극하려면 자신의 밑으로 들어와 배우라고 꼰대짓을 하는 것이다.

알고 보니 그는 연극이라고는 학예회와 마을 예술제 때 주인공을 했다는 것이 전부였을 뿐 연극을 체계적으로 배우거나 경험한 적도 없었다. 그런데 그가 제주의 연극판을 장악하고 있었다. 그는 우리 극단이 하는 일에 훼방을 놓아서 때로 불법 공연이라며 고발하겠다고 으름장을 놓기도 했다.

극단 창립 5주년을 맞아 서울의 극단 76을 초청 공연할 때였다. 당대의 최고 연기자로 각광을 받던 송승환과 기주봉이 앙상블을 맞춘 「일어나라 알버트」라는 작품이었다.

연기자의 이름값 덕에 예매가 활발했는데 어느 날 한 예매처에서 연락이 왔다. 포스터를 떼고 티켓 판매를 중지하라고 연극협회에서 통지를 받았다는 것이다. 연극 공연이 사기라는 이유였다. 예매처마다 전화를 걸어 협회 차원에서 티켓 판매 중지를 요청해서 포스터가 전부 철거되어 있었다.

사무국장이라는 분을 찾아가 따졌더니 송승환이 이미 미국 갔는데 제주에 어찌 오느냐며 되려 야단을 치는 것이다. 어처구니가 없었다. 예매처를 찾아다니며 설득해서 다시 티켓 판매를 했는데, 당시 제주의 유일한 현대식 극장인 제주학생회관이 매회 만석을 이룰 정도로 성황리에 공연을 마쳤다. 송승환은 제주 공연을 끝으로 미국으로 유학을 갔다.

그는 그 이후에도 극단이어도가 하는 공연에 훼방을 놓았다. 10주년 기념공연을 하는데 협회에서 화환을 보내온 것을 정중히 거절하고 돌려보냈다. 한데 그것은 협회의 권위를 무시하고 사업을 방해했으므로 회원단체에서 제명시키겠다고 난리를 쳤다.

우리 극단을 제외한 다른 극단 회원들이 징계에 묵시적으로 동의를 하는 바람에 굴욕을 무릅쓰고 각서를 써야 했다. 당시엔 협회에 등록되지 않으면 지원은 물론 공적인 행사에 참여할 수 없었기 때문이다.

세월이 흘러 내가 한국연극협회 제주도 지회장이 되자 회장 당선 무효라는 사신을 중앙협회로 보냈다. 불참자 위임을 받아 성원이 되었는데도 이를 묵살하고 훼방을 놓은 것이다.

그런데 더 분통이 터지는 건 그와 한통속이던 당시 한국연극협회 J모 이사장의 행태다. 그는 사건의 전말도 따져보지 않고, 내게 연락 한번 없이 그의 말만 믿고 제주지회를 사고지회로 처리하여 한동안 인준도 해주지 않았다.

나는 20년 극단을 이끌다가 후배에게 넘기고 지금은 글만 쓰고 있지만, 지금도 그는 선배라는 이름으로 영향력을 행사하며 젊은 후배들에게 민폐를 끼치고 있다.

희곡이 갈등의 예술이지만 연극 공연 외적인 상황과 몽매한 인간들에 갈등을 느낄 때가 많았다. 한때는 그들을 미워하고 분노를 느꼈지만 어쩌면 그런 어두운 진창길을 걸은 덕에 내가 더 강해지고 단련되어 집필활동을 지속하고 있는지도 모른다.

지금도 거리에서 젊은 시절 내 앞길을 가로막았던 그런 사람들을 가끔 만난다. 추하게 늙어가는 그들의 모습을 보면 인간적인 비애와 함께 나의 우울을 발견한다. 그리고 가끔 스스로에게 묻는다. 너는 지금도 후배들에게 부끄럽지 않게 치열하게 살아가고 있느냐?

아름답게 익어가고 있느냐?

* 『한국희곡』 2020년 봄호에 게재

활로를 모색하는 제주의 연극, 연극인

1. 제주 연극의 모태

자연 천혜의 휴양과 관광의 도시 제주, 설문대할망, 자청비 등 일만팔천 신의 고장인 제주에는 예로부터 많은 전설과 신화, 전통 연희들이 전승되면서 연극적인 싹이 움터 왔다. 즉 제주 연극의 모태는 제주의 전통 연희다.

제주의 전통 연희는 주로 굿의 형태로 민중들에게 다가섰는데, 이는 마을 공동체 구성원들을 대동단결하게 만드는 역할을 했다.

제주의 굿은 언어 위주의 신화인 '본풀이'를 굿본으로 하여, 춤 위주의 '맞이굿', 연출 위주의 '놀이 굿'으로 이루어진다.

여기서 '본풀이'는 근본을 풀다의 의미로 신의 내력담을 말하는 것이다. 본풀이는 시대를 거쳐 오면서 당대 제주인의 가치관, 제주 사회의 내재적인 규율과 법칙 가치체계를 내포하고 있으며, 신화를 향유하는 신앙민의 집단 미의식이 발현

되어 있다. '천지왕본풀이'가 대표적이다.

연극적인 놀이굿으로는 〈세경놀이〉, 〈영감놀이〉, 〈전상놀이〉, 〈산신놀이〉, 〈강태공서목시놀이〉, 〈입춘굿놀이〉를 들수 있다.

제주의 신화의 주인공들, 예를 들면 '설문대할망과 오백장군', '자청비', '거믄장아기', '전지왕' 등을 주인공으로 한 연극과 뮤지컬 등이 만들어지고 있다.

2. 제주의 극단

제주에 현대적인 연극이 개화하기 시작한 것은 6 · 25 전쟁 중 피난 온 예술인들에 의해서다. 그런 명맥이 이어져오다가 1970~80년대에 이르러 전문 극단들이 창단하게된다. 그때부터 지금까지 이어져 오는 극단이 「극단 이어도」, 「극단 가람」, 「극단 정낭」, 「놀이패 한라산」이다.

1988년 서울올림픽을 기점으로 전국 시도에 예술공간들이 생겨났는데 제주문예회관 대극장이 개관하면서 중앙의연극 작품들이 제주에서 공연을 하게 되고, 도민들에게 잘만들어진 연극들에 대한 향수 욕구를 자극하기 시작했다.

1992년 제주에서 제10회 전국연극제가 개최되면서 제주 연극이 성장하는 계기를 만들었다. 행사 이후 도민 사회에서 연극에 대한 관심과 욕구가 분출하게 되면서 많은 극단들이 창단되었다. 「극단 세이레」가 오늘날까지 꾸준한 활동을 하고 있다.

2000년대에는 IMF 사태 여파로 극단들이 생거나고 없어지기를 반복하다가 2010년대에 들어서면서 다시 극단이 생겨났는데, 2020년 현재 제주에서 활동하고 있는 연극 단체는 20여 개에 달한다. 2020년 현재 제주의 극단들을 소개하면 다음과 같다.

극단 이어도(대표 장원형)/ 극단 가람(대표 이상용)/ 극단 정낭극장(대표 강한근)/ 한라산놀이패(대표 윤현숙)/ 극단 세이레극장(대표 설승혜)/ 문화놀이터 도채비(대표 변종수)/ 극단 파노가리(대표 문무환)/ 퍼포먼스단 몸짓(대표 강종임)/ 극단 배우세상(대표 이화)/ 예술공간 오이(공동대표 오상운, 전혁준, 2012)/ 극단 그녀들의 AM(대표 이소영, 2015)/ 극단 배우가(대표 함창호 2018)/ 극단 파수꾼(대표 조성진 2018)/ 극단 코지(대표 민경언)/ 연극공동체 다움(대표 서민우, 2019)/ 극단 공육사(대표 류태호, 2019) 등이다.

이들 극단들은 서귀포를 중심으로 활동하고 있는 '극단 코지'와 애월읍 봉성리를 중심으로 활동하고 있는 '연극공동체

다움'을 빼면 모두 제주시 동(洞)지역에 모여 있다.

이외에도 몇 개의 인형극단, 아동극 전문 극단, 장애인 극단, 평생교육원 출신 동호인 극회, 대학 극회들이 있다.

3. 제주의 극장

제주의 대극장은 제주시내에 제주문예회관, 제주아트센터, 한라아트홀이 있고, 서귀포에는 서귀포 예술의 전당과, 김정문화회관이 있다.

소극장은 대부분 대극장과 함께 있으나, 극단이 소유하고 있는 연극 전용 소극장이 더러 있다. 이 극장들은 극단의 움직임과 함께 여러 곳을 전전하다 현재의 위치에 옮겨 주로 자기 극단 연극연습과 공연장으로 활용하고 있으나 음악 등 연극 외의 연습실이나 공연장으로 대관도 하고 있다.

극단세이레에서 운영하고 있는 '세이레 아트센터'는 제주시 시외버스터미널 부근에 넓은 로비와 80여석의 개방형 객석을 갖춘 소극장이다.

'예술공간 오이'는 오랫동안 구제주에서 운영하다 몇 년 전 신제주 대림아파트 입구로 옮겨 넓은 로비와 연습실, 공연장을 갖춰 운영하고 있다.

'문화놀이터 도채비'는 제주문예회관 맞은편 인근 주택가에 있다. '두근두근씨어터'는 구제주 중앙성당 옆 재밋섬 1층에 있다.

4. 제주의 연극인

제주에 극단은 많으나 연기자는 매우 부족하다. 2010년대에 제주국제대학교에 공연예술학과가 생겼으나 졸업생들은 그리 많지 않다. 그래서 무대에서 20~30대의 연기자를 보기가 어려운 게 제주연극의 현실이다.

또한 대부분 극단들의 대표가 직접 희곡을 쓰고 연출하는 것도 연극의 성장을 가로막는 장애물이다. 전문화, 세분화 시대에 희곡의 중요성을 모르는 것은 아닐 텐데 작/연출에 대한 공명심이 지나치다.

연출가들이 쓴 대부분의 작품들은 희곡의 기본조차 갖춰지지 못하고 완성도가 떨어지는 작품들이 많다. 자신의 작품을 공연하는 것에 맛을 들인 대표들은 명작들이나 기존 지역 극작가의 희곡은 거들떠 보지도 않는다. 그런 극단들은 발전이 없고 늘 대표의 수준에 갇혀 있다. 능력을 갖춘 신진 극작가나 연출가들에게 기회를 주고 다양한 작가의 작품이 공연될 때 극단과 제주 연극의 발전이 가능하다.

필자가 꼽는 제주의 대표적인 연극인은 다음과 같다.

이상용, 김광흡, 정민자, 변종수 등이 경험을 많이 가진 연출가인데 그들의 그림자가 너무 넓어서 젊은 연출가들이 보이지 않는다. 오상운, 민경언, 현지훈도 능력 있는 연출가들이다.

연기자로는 강상훈, 설승혜, 양순덕, 강종임, 고지선, 고가영, 김금희, 이승준, 함창호, 조성진 등을 꼽을 수 있는데 역시 젊은 연기자들이 절대 부족하다.

젊은 극작가로는 전혁준, 송정혜, 강명숙, 서민우, 홍서해 등에 기대를 걸어 볼 수 있다.

5. 제주의 연극행사

제주에서는 매년 정기적인 연극 행사가 다채롭게 펼쳐지고 있는데 소개하면 다음과 같다. 제주연극협회에서 연례적으로 개최하는 행사에는 '제주연극제', '소극장연극축제','제주청소년연극제', '더불어 놀다 연극제', '제주 소재 연극개발'이 있다.

1987년 창설된 '제주연극제'는 전국연극제(현재의 대한민국연극제) 제주예선대회를 겸하며 열린다. 선발된 극단이 대한민국 연극제에 제주를 대표하여 참가하는데 예선 참여 극단이 2,3개 단체에 불과해 개선책이 필요해 보인다.

'소극장연극축제'는 1991년 창설되어 도내에 있는 극단들

이 한해를 결산하는 무대로 장식했으며 현재까지 이어 내려
오고 있다.

1997년 창설된 '제주청소년연극제'는 전국청소년연극제
의 예선을 겸하는 무대로 미래의 연극인과 관객층을 확보하
는데 크게 기여했다. 이 행사는 도내 고등학생들에게 인기가
많아 보통 도내 6개~10개 학교가 참여하여 열 띤 경연을 벌
이기도 했으며 전국 본선 부대에서 대상, 최우수상을 받는
등 수확도 많이 거두었다.

2016년부터 시작된 '더불어 놀다 연극제'는 도내 극단만이
아니라 전국 지역 극단들을 초청하여 열리는 규모가 큰 연극
축제다. 2021년으로 6회 째 행사를 치렀다.

2018년부터 시작된 '제주소재연극개발'은 3회째 이어져오
고 있다. 제주시의 지원을 받아 제주연극협회 주관으로 합동
공연을 하면서 연극인들간의 화합도 도모했는데, 새로운 제
주 소재의 창작극 개발이 기대된다.

제주민예총이 주관하는 '4 · 3평화인권마당극제'는 2020
년 제14회 대회를 개최했다. 이 대회는 매년 제주4 · 3평화
공원 내 야외 가설무대에서 열리는데 전국의 마당극 단체가
참여한다.

* 『공연과 이론』 79호 (2020년 가을호) 게재

뮤지컬 만덕, 제주브랜드 작품 맞는가

제주시가 혈세 7억을 들여 만든 작품이라 하여 기대를 많이 했다. 그렇게 공공기관에서 하는 거액의 작품이 공모를 하지 않고 서울의 기획사와 수의 계약하여 만들어진 과정도 의문이 들고, 이를 말없이 승인해준 도의회는 무슨 연유인가?

초대권 배부 문제도 그렇다. 사전에 각종 단체를 통하여 공연관람 신청을 하라고 해서 두 군데로부터 연락을 받았다. 그래서 제주문인협회를 통해 예약을 했는데 며칠 후 그건 무효고 시청에서 개인별로 초대권을 배부한다고 해서 문의했더니 하룻만에 표가 동이 났단다.

각종 사회단체들에게 선심 쓰듯 예약을 받고 보니 그 수요를 감당하기 어려워 이런 해프닝을 벌인 것이다.

그런데 더 분개스러운 것은 1인 2매를 배부한다고 들었는데 어떤 개인이 열장이나 되는 초대권을 가지고 선심을 쓰고 있는 것이다. 자존심 상하지만 아쉬워서 사정을 하여 초대권을 얻고 1월 26일 첫 공연을 관람했다.

김만덕에 대한 이야기는 이미 TV드라마로도 여러 번 방영

되었고 동화나 소설, 연극 등으로도 여러 번 공연되었다.

먼저 프로그램을 보고 '대행수'라는 직책에 대해 의문이 들었다. 과연 조선 시대 그것도 제주라는 섬에 그런 직책이 있었는지. 사전적으로는 조선 시대 육의전의 각전을 총괄하던 직책이라 했는데 이는 당시의 제주의 상권 사정을 모르고 임의로 쓴 말인 것 같다.

더 기이한 것은 제주의 목사가 쓴 어휘들이다.

상인들을 상단, 상단원이라 했는데 이 말의 뜻을 찾아보니 이는 현재 컴퓨터 게임에서 쓰이는 어휘로 그들의 우두머리를 대행수라 하는 것도 알았다. 연기자들의 가창력이나 연기와 연출 부분은 차치하고 이 작품의 스토리 구조를 분석해보면 어설픈 게 한두 가지가 아니다.

우선 대행수와 만덕과 경이라는 세 인물의 러브라인이 마뜩치 않다. 기녀일 때 대행수와의 만남이 그렇다 하더라도 기녀의 몸으로 상술을 발휘한다는 설정 자체도 그렇고 대행수가 떠나서야 경이라는 인물이 만덕을 사랑하는 노래를 부른다는 것도 어설프고, 더욱 이해하기 어려운 것은 임신한 기녀를 대신하여 만덕이 수청을 자원하는 것은 너무 억지다.

왜 그래야 하는가? 이타적인 만덕의 삶을, 그것을 희생정신이라고 표현한 건가?

그렇게 여러 번 읍소를 해도 양인으로 신분을 바꾸어주지 않던 것을 기적에 다 적혀 있다는 한 마디로 양인이 될 수 있다는 설정도 당시의 자료나 상황에 대한 연구가 부족했던 것 같다.

해신굿 장면에서 심방의 춤이나 의상, 음악, 비념도 엉터리다. 제주 심방은 두발로 뛰지 않는다는 것이 통설이고, 심방의 의상이나 음악에서 제주 전통적인 것을 전혀 찾을 수 없다. 해신굿은 풍어와 뱃길의 무사 왕래를 위해 해신인 용왕에게 드리는 제사인데 일만팔천신을 등장시킨다든지 하는 것은 제주와 제주인의 정서를 전혀 모르고 쓴 것 같다.

또한 제주의 구휼미를 운반해 올 상인을 공개모집하는데 만덕이 여자라서 또 배가 없어서 안 된다는 장면에 기생들이 배를 구해 온다는 설정을 반전으로 삼는데 기생은 여자 아닌가? 동생 만재를 내세워 배를 사오면 안 되는가?

또 대행수가 떠나면서 땅에 떨어진 귤이 지천으로 깔렸다며 만덕에게 귤차를 만들어 팔라는 말을 하는데 이도 당시 상황을 모른 말이다.

조선 시대 귤은 진상품으로 나무도 일정한 장소에서 재배되었고 과실의 숫자를 세어서 부족하면 관리인이 벌을 받을 만큼 관청에서 엄격하게 관리하고 있었는데 떨어진 귤이 어디 널렸다는 말인가?

그래서 귤껍질로 차를 만들어서 팔겠다는 만덕의 대사에는 고소를 금치 못했다.

그리고 관리들의 농간으로 구휼미가 부족하여 매번 만덕이 죽을 써서 섬사람을 구제하였다거나, 가짜 물건인 줄 알면서도 속아서 사준다는 것도 비합리적이고, 해녀회 등 공급자들이 만덕이 제주사람이기 때문에 적극 지원한다는 설정도 제주인의 특성을 모르고 한 말이다. 오히려 한 푼이라도 더 주는 육지 상인에게 상품을 팔아 이문을 남기는 게 장사의 이치 아닌가?

결국 우려했던 대로 작품을 쓴 작가나 작곡가, 연출가가 제주적인 것을 모르고 작품에 참여했기 때문에 제주브랜드 작품을 만든다는 것은 애초 기획단계에서 잘못됐다.

이 작품 연출가는 "김만덕이란 인물은 콘텐츠로서 극적으로 활용할 뚜렷한 정서나 결과가 확실한 편이 아니"라고 제작 발표회에서 말한 바 있지만 이는 연출가가 아니라 작가의 몫이다.

작가의 상상력이 부족함을 고백한 것에 지나지 않는다. 있는 사실만을 가지고도 극적으로 활용하거나 뚜렷한 정서와 결과를 드러낸 작품이 얼마든지 있다. 김만덕이라는 인물을 소재로 창작된 다른 작품들을 섭렵하지 못한 까닭이다.

이전에도 이런 경우는 여러 번 있었다. 2007년 뮤지컬 백록담을 만들 때 행정가들은 한국을 대표하는 극작가, 작곡가에게 당시 상상을 초월하는 거금을 주고 작품을 의뢰했다.

그때 설문대할망을 소재로 작품을 써달라고 했는데 설문대할망에 대하여 그들이 모르기 때문에 자료를 보내달라고 했다. 한데 설화는 단편적인 것뿐이어서 작품을 쓸 수 없다고 해서 조정철과 홍윤애의 스토리로 바꿨지만 그 역시 제주도적인 색채는 없고 전국 어디에서나 통용되는 러브스토리로 만들어버렸고, 음악 역시 제주의 소리와는 거리가 멀다고 하여 당시 예술가들에게 혹독한 비판을 받았다.

그 작품은 여러 번 수정을 거쳐 공연되었지만 결국 폐기되고 말았다. 그때나 지금이나 공개모집을 하지 않은 결과다.
제주 사람만큼 제주적인 것을 잘 알고 있는 사람이 없는데도 그들은 제주 작가나 작곡가를 무시한다.

그런데 장기적인 레퍼토리 형식의 제주브랜드 작품을 만들려면 극작이나 작곡, 주연 배우들은 제주예술인들을 내세워야 한다.
거액의 혈세를 쓰면서 제주예술인들의 기회를 빼앗아 버린 행정편의적이고 독선적 행태는 지탄을 받을 일이다. 그 정도의 제작비를 들이지 않고도 그보다 나은 제주적인 작품을 얼마든지 만들어낼 수 있다는 것을 행정가들만 모르는 것 같다.
예술인들을 장려하고 미래를 지원해야 할 행정가들은 더 이상 제주예술인들의 능력을 폄훼하거나 무시하지 말라.

*『제주투데이』(2018년 1월 29일 자) 게재

진실과 화해 방법을 찾는 다양한 화법

1. 들어가며

현기영의 「순이삼촌」으로부터 촉발된 4 · 3에 대한 제주 연극계의 본격적인 예술적 담론은 1989년 4 · 3추모제 때 올려 졌던 마당극 〈사월굿 한라산〉(공동창작/ 김수열 연출)에서 시발점을 갖는다.

이후 1990년대에 들어와서 4 · 3을 소재로 한 공연이 봇물처럼 쏟아져 나왔는데, 제주 출신 작가 장일홍의 〈붉은 섬〉, 〈당신의 눈물을 보여 주세요〉, 강용준의 〈폭풍의 바다〉와 외지 출신 작가들도 4 · 3에 관심을 가지고 작품을 쓰고 공연했다. 2000년대 이후에 와서는 「놀이패 한라산」이 꾸준히 4 · 3의 사례별 각론을 연극으로 제작하여 진상 규명과 치유와 상생의 문제에 접근하고 있다.

한편 2007년부터는 4 · 3문화예술제의 일환으로 '4 · 3평화 마당극제'가 창설되어 4 · 3에 대한 담론과 역사적 의미를 전국적으로 확장시키는데 큰 몫을 하고 있다.

2. 「놀이패 한라산」의 마당극

1989년에 공연된 〈사월굿 한라산〉은 제주도민들이 1948년 4·3봉기를 일으킬 수밖에 없었던 이유와 그들이 당한 고통과 수난을 표출함으로써 40여 년 금기로 남아있던 제주 4·3항쟁의 진상규명과 명예회복 운동에 불을 당겼다. 이 작품은 제2회 민족극한마당에 참가하여 서울예술극장 한마당에서도 올려졌다. 한편 1998년 4·3 50주년을 맞아 10년 만에 다시 제작하여 제주에서는 물론 일본 교토, 오사카에서 초청 공연되었고, 그해 과천에서 열린 '98세계마당극큰잔치에 참가 했으며, 부산, 목포에서도 공연하는 등 괄목할 만한 성과를 거뒀다.

〈백조일손〉은 1950년 예비검속에 의해 4·3항쟁 당시 피난입산자 혹은 1947년 총파업관련자, 심지어는 우익단체 간부 등이 대거 예비검속 당해 집단 학살을 당하게 되는데, 이를 고발한 작품이다.

1992년에는 〈꽃놀림〉을 제5회 전국민족극한마당에 올려 정공철이 '최우수 광대상'을 수상했는데, 제주4·3항쟁 당시 한 날 한 시 400여 명 이상의 목숨을 앗아간 '북촌리사건'을 고발한 작품이다. 이 작품은 2003년에 재공연 되었다. 1993년에는 〈살짜기 옵서예〉(김경훈 작/ 한경임 연출)로 제6회 전국민족극한마당에 참가 '우수작품상'을 수상했다. 제주도의 아름다운 풍광 속에 드리워진 제주4·3항쟁 당시 학살의 흔적을 짚어본 작품이다.

1995년에는 제8회 원주대회에서〈목마른 신들〉(현기영 원작/ 장윤식 각색/ 김수열 연출)로 '최우수작품상'을 수상했다. 심방의 생애사를 통해 제주4·3항쟁 당시 희생자의 혼이 깃든 가해자 자손의 상처를 치유하는 과정을 통해, 현재까지 이어지는 4·3의 상흔을 드러낸 작품이다. 1996년에는 어쩔 수 없이 다른 사람을 지목해야만 살 수 있었던 4·3당시의 상황을 그린〈4·3의 기초〉(장윤식 작/ 김수열 연출)를 공연했고, 제주 무속 중 '양씨아미본풀이'를 기본 토대로, 제주여인의 현재적 삶을 그린〈동이풀이〉(문무병 작/ 연출)로 '과천세계마당극 큰잔치'에 참가했다.

그밖에 서북청년단의 입장에서 4·3 당시 서청의 횡포를 고발한 작품〈서청별곡〉(장윤식 작/ 김수열 연출), 4·3항쟁의 마지막 빨치산의 모습을 그린〈사월굿 사팔생오칠졸〉(김경훈 작/ 한경임 연출), 4·3항쟁 당시 엄청난 살육이 결국 광기의 역사임을 증언하는〈사월굿 광기〉(김경훈 작/ 김수열 연출) 등이 대표적 작품이다. 「놀이패 한라산」은 전국민족극 한마당과 제주4·3평화마당극제에 꾸준하게 참여하면서 매년 새로운 작품을 창작하여 공연함으로써 화해와 상생의 방법을 찾고자 노력해 왔다.

3. 다양한 시도의 무대극

1990년대에 들어서면서 도 내외 작가들에 의해 4·3을 소재로 한 연극이 무대화되기 시작했다.

장일홍의 〈붉은 섬〉은 제주시 조천읍 선흘리 일대에서 1947년 3월부터 1949년 6월 이덕구 사살에 이르기까지의 사건을 거의 다 포괄한 연대기적 서사극이다. 한라산 빨치산의 무장 봉기가 자위를 위한 정당방위임을 밝히면서, 미군정의 폭압과 군경 토벌대의 만행을 만천하에 알리고 있다. 기존의 4·3문학이 개인이나 가족의 수난사를 다룸으로써 소재주의에서 벗어나지 못한 데 비해 4·3을 현재진행형의 사건으로 설정하였다. 4·3을 총체적으로 보여주려는 의도가 강하며 개개 사건을 나열하여 봉기와 학살사태의 선명한 구도를 대비시켰다. 이 작품은 1992년 제주에서 열린 제10회 전국연극제에 제주대표 작품으로 공연되어 장려상을 받았다.

장일홍의 〈당신의 눈물을 보여 주세요〉는 4·3으로 인해 비정상적인 삶을 살아가는 인간들을 통해, 4·3의 비극성이 살아남은 인간들에게까지 미치고 있다는 것을 보여주었다. 4·3의 후유증이 심각하고 이는 치유되어야 한다는 것을 거꾸로 역설하고 있지만 4·3 문제 해결이 어려운 과제임을 극을 통해 표출했다. 이 작품은 1992년 서울 성좌소극장에서 공연되었다.

강용준의 〈폭풍의 바다〉는 4·3의 소용돌이 속에서 배태된 아픔을 인간다운 삶을 찾는 한 여인과 가족들의 삶을 통하여 해결되지 않은 갈등의 잔상을 투영하고 있다. 4·3으로 인한 인물들 사이의 갈등과 가족공동체 해체가 현재까지 지속되고 있음을 보여준다. 이들의 갈등은 이념뿐만 아니라 그 뒤에 감춰진 사욕으로 인해 결국 돌이킬 수 없는 죄악을 저지름으로써 해결될 수 없는 4·3의 아픈 상처들과 현실들을 있는 그대로 드러내지만, 궁극적으로는 통합의 지향점을 제시한 작품이다. 이 작품은 1993년 한국연극협회가 주관한 창작극개발 3개년 프로그램 작품으로 선정되어 1994년 「극단 전망」(심재찬 연출)에 의해 서울 문예회관과 제주문예회관에서 공연되었다.

1995년 서울 소재의 「극단 로템」은 〈느영나영 풀멍살게〉(하상길 작/연출)를 공연했다. 이 작품은 4·3의 상처를 안고 반세기를 모질게 살아온 제주 여인의 인생 역정을 그린 연극이다. 삶의 터전을 빼앗긴 원동마을 사건, 130여 명의 목숨을 앗아간 모슬포 섯알오름 사건 등 4·3의 비극적인 사태를 드러냄으로써 4·3의 진상규명과 억울한 죽음에 대한 진혼은 제주민이 풀어야 할 과제임을 되새기게 했는데 전반적으로 사건의 정곡을 파헤치기보다는 피해자의 입장에서 안이하게 화합을 도모했다는 인상을 줬다.

2003년 「극단 목화」의 〈오금아 밀어라 앞산아 당겨라〉는 원로 연극인 오태석이 쓰고 연출 했다. 4 · 3과 6 · 25를 거치면서 소박한 제주의 양민들이 겪는 고통을 다루었는데, 이 연극은 4 · 3의 실체적 진실을 규명하거나 상상하려는 노력보다 연극적 허구성에 치중한 작품이다. 4 · 3은 연극적 언어를 풀어나가는 단순한 소재로 사용했고, 쇠를 녹여서 도구를 만드는 '디딤불미' 연희를 통해 화해의 분위기를 유도하지만, 실체적 진실을 담은 4 · 3의 역사적 기억과는 동떨어지게 느껴졌다.

한편 2013년 현기영의 〈순이삼촌〉이 제주출신 김봉건의 연출로 서울 충무아트홀과 제주아트센터에서 공연되어 4.3의 진실을 알리는데 한 몫을 한 것도 특기할 만하다.

참고문헌
박찬식 『기억 투쟁과 문화운동의 전개』 강창일 외, 역사비평사 2004

* 『4 · 3과 평화』 21호 (제주4 · 3평화재단 2015년 10월 25일) 게재

문학, 세상으로 나아가는 창을 넓히다

초대 작가 : 강용준
대담 : 김가영(수필가), 양민숙(시인)

아스파트 열기가 뜨거운 7월이었다.

지역에서 문학을 한다는 것은 무슨 의미일까?

이 질문에 거침없는 대답을 할 수 있는 작가를 만났다. 작가로서의 자발적 책임을 갖기 위해 스스로 전업 작가를 선언하고 자기검열을 지속적으로 하는 작가다. 제주에서 전업 작가의 길을 걷는다는 것은 쉬운 일이 아니다. 지역적 특성상 문학만으로는 배곯기에 충분하기 때문이다. 그러나 장르의 외도조차도 분명한 이유가 있고, 앞으로 나아갈 길도 뚜렷하다. 늘 떠나고, 그 떠나는 길에 하나 둘 남기는 몇 장의 사진들. 그 숱한 고민들을 씨줄과 날줄로 엮어 작품을 만들어 낸다는 제주의 '르 클레지오' 강용준 작가.

그의 삶과 문학세계에 대한 이야기를 나누어 보았다.

양민숙 : 정말 오랜만에 뵙습니다. 학교를 명퇴하시고는 주로 창작실에서 창작에 전념하고 계신다는 소식을 들었는

데, 제주에는 언제 내려오셨는지 요즘 근황이 궁금합니다.

강용준 : 네. 오랜만입니다. 제주에 내려온 지는 3주 정도 되었습니다. 창작실은 매년 한차례씩은 작가로서 의무감으로 다니고 있지요. 전국에 있는 창작실을 많이 다녀본 것 같은데 그 가운데는 없어진 창작실도 많아요. 창작실을 다니다 보면 내게 맞는 곳이 있어요. 그 중에는 이천에 있는 '부악문원'과 증평에 있는 '21세기문학관'이 나에게는 좀 맞는 것 같네요. 매년 지속적으로 한 문학관을 갈 수 있는 시스템이 아니어서, 두 군데를 격년으로 번갈아가며 가고 있습니다. 신청해서 선정이 되어야 사용할 수가 있는데, 운 좋게 해마다 다니고 있습니다. 한 번 가면 3, 4개월 정도 머물다 와요. 작가로서 충분히 나만의 시간을 보내고 있지요.

양민숙 : 그런 열정이 좋은 작품을 만들 수 있는 힘이라는 것을 알 수가 있겠습니다.
바로 얼마 전에도 따끈한 장편소설 『사우다드』가 발간이 되었는데요. 장편소설『붓다, 유혹하다』에 이어 두 번째 장편소설을 내셨습니다. 지금까지 꾸준히 희곡을 써 오셨고, 극단 활동도 해 오셨는데 어떻게 갑자기 소설로 방향을 바꾸게 되셨는지 그 계기를 듣고 싶습니다.

강용준 : 등단한지 30년이 되었네요. 희곡을 맨 처음 쓸 때는 '내가 평생 써야 할 길이구나.'란 생각을 하였지요. 그러

나 30년을 쓰다 보니 회의감이 들기 시작했어요. 희곡은 무대에 오르지 못하면 그 생명력을 잃게 됩니다. 즉 희곡은 읽는 문학이 아니라 무대에 올리고 관객들과 함께 호흡하는 문학인데, 자주 무대에 오르지 못하다 보니 반쪽인 문학이 되어 버리고 있어요. 시간이 흐르면서 젊은 감각을 따라가지 못하는 것도 있지만, 무대에 오르는 연극들이 대부분 관객들 입맛에 맞게 변화하고 있지요. 문학성보다 흥미 위주의 연극들이 무대에 오르기 때문에 내가 쓴 작품은 요즘 관객들이 원하는 작품이 아닌 모양입니다.(웃음) 그러니 점점 무대에 오르지 못하는, 생명력을 잃은 희곡만 쌓여가더라고요. 그러다 소설을 쓰게 되었는데, 소설은 장점이 있습니다. 희곡은 제약된 것이 많지요. 희곡이라는 것은 묘사가 아니라 전부 대사로 표현한다면 소설은 형식적인 면에서 희곡에 비해 좀 자유롭지 않나 라는 생각이 들어요. 대학교 때 황순원 선생님 밑에서 소설 공부도 했었기에 쓰기 시작했는데, 소설로 완전 전업한 것은 아니고 희곡과 소설 양쪽을 다 병행하고 있습니다. 희곡은 청탁이나 의뢰가 오면 쓰고 있고 앞으로도 그렇게 하려고 합니다.

양민숙 : 중앙문단에 비해 지역문단은 열악한 면이 많습니다. 지역에서 작품 활동을 한다는 것이 결코 쉬운 일은 아닐 텐데요. 그럼에도 불구하고 제주적인 내용을 지금까지 꾸준히 고집하면서 희곡작품을 해 오셨어요. 그런데 그렇게 써 온 희곡에 회의감이 들어서 소설을 쓰기 시작했다는 말씀을

하셨는데요. 그렇다면 소설을 쓰게 된 영향을 받은 작품이나 소설을 쓰는데 도움을 주신 분이 계신지 궁금합니다.

강용준 : 그 보다는 문학을 하게 된 계기를 먼저 말씀드릴게요.

제가 국문과를 가게 된 계기와도 맞닿아 있는데 환경적으로나 내면적으로나 굉장히 어려웠던 시기가 있었어요. 그 당시만 해도 세상을 보는 눈 자체가 회의적이었죠. 그런 상태에서 나를 구원해줄 수 있었던 게 바로 문학이었어요. 문학은 내가 세상으로 나가는 하나의 창이었고 도구였지요. 문학이라는 창을 통해서 세상을 보고 있다고 할 수 있습니다.

희곡을 쓸 때는 도움을 받은 선생님이 많이 계십니다. 극작가 홍승주선생님을 통해 희곡이라는 것을 알게 되었고 대학교 때는 신봉승 선생님, 이후에 작가로서의 틀을 갖게 만들어준 차범석선생님의 영향을 받았습니다. 이 분들로 인해 내 희곡의 세계가 깊어졌다고 할 수가 있겠지요. 또 한 분이 계신데 내 작품 평을 해 주시면서 나를 이끌어주신 분이 연극평론가 유민영 교수님입니다.

"너는 앞으로 희곡을 쓰는데 제주도에 가서 제주도 것을 써라"

유민영 교수님께서 내게 해 주신 말씀이었어요. 아일랜드의 세계적인 시인 존 밀링턴 싱이 문청시절 파리에서 모국 선배 예이츠를 만나게 되었어요. 선생님 어떻게 하면 좋은 작품을 쓸 수 있습니까? 물었더니, 고국 아란섬으로 돌아가라고 했어요. 가서 고향의 언어와 고향사람들의 이야기를 쓰라는 가르침을 얻고 아일랜드에 돌아와 작품을 썼기 때문에 독특한 시인이 되었다고 하더라고요. 유 교수님께서 가르쳐 주신대로 해녀 이야기, 제주 4·3을 썼고, 제주신화와 전설을 썼습니다.

희곡을 쓰게 되면 자연스럽게 제주의 이야기가 따라왔어요. 또 제주 역사에는 '제주4·3'이 안 들어갈 수가 없었고요. 사실은 벗어나고 싶었어요. 벗어나는 방법으로 소설을 선택한 것도 이유가 될 수 있겠네요.

양민숙 : 저도 선생님 작품에서 유민영 교수님의 평이 기억이 납니다. 굉장히 지역적 정서가 강한 유니크한 작가라고 선생님을 극찬한 부분이 있었는데요, 그만큼 제주의 문제를 있는 그대로 받아들이고 또 그것을 문학으로 승화시킨 부분이 많이 어필되지 않았나 생각을 해 봅니다. 현재 희곡을 손놓고 있는 게 아니라, 두 가지 장르를 오가면서 쓰고 계신데 굉장히 활동이 왕성합니다. 어느 정도 작품을 쓰고 계십니까?

강용준 : 교편생활을 하면서 작품을 쓴다는 것에 한계를 느꼈어요. 명예퇴직을 하면서 전업 작가를 선언했지요. 그때 쓴 책이 네 번째 희곡 작품집인 『외할머니』였어요. 그 이후에 세권을 더 썼어요. 5년에 3권을 쓴 것이지요. 실제적으로 많이 쓴다기보다는 누구나 전업을 선언하면 책임의식이 있어

야 해요. 나는 그것을 소명의식이라고 말하고 싶어요. 작가로서 글을 쓰지 않는다면 작가가 아니라고 생각합니다. 그러니 늘 문학을 생각하며 살고 있지요. 내가 살아보지 못한 세상을 다른 사람의 책을 읽으며 배우고 있기도 합니다.

양민숙 : 이야기를 듣다 보니 궁금한 게 생겼습니다. 문학을 하게 된 동기를 말씀해 주셨는데요. 희곡을 쓰고 연극연출도 하셨는데, 희곡을 무대에 올리기 위해 연출을 시작하셨는지, 연극을 만들기 위해 희곡을 쓰게 되셨는지, 어떤 것이 먼저인지 궁금하고요. 또 두 가지 다 하면서 어려웠던 점이나 기억에 남는 점은 없었는지요?

강용준 : 그 당시에는 희곡작가가 별로 없었어요. 희곡을 쓰겠다고 생각한 것은 대학교 때인데 대학교 3학년 때 희곡을 쓰기 위해서는 연극무대를 알아야겠다는 생각에 극단에 견습생으로 들어갔지요. 그런데 무리해서 몸이 상해 대학 1년을 휴학까지 하게 되었어요. 그때 희곡에 대한 독학을 많이 했지요. 셰익스피어, 그리스 희비극의 작품도 그때 섭렵하게 되었는데, 무대를 모르면 희곡을 쓸 수가 없어요. 그런데 요즘 사람들은 희곡을 너무 쉽게 생각하고 있어요. 요즘 무대에 오르는 작품들을 보면 내면적인 것들을 표현하는데 한계가 있어요. 안타깝지요.

무대를 알기 위해 연극도 시작했어요. 그게 다 희곡을 쓰기 위한 과정이었다고 보시면 됩니다. 습작기간은 굉장히 길었지요. 대학 때부터 쓰기 시작해서 제주도에 내려와 극단 '이어도'를 만들고 연극을 하게 되었는데 내가 쓴 습작들을 그때 많이 발표를 하게 되었어요. 희곡을 쓰기 시작한 지, 15년 만에 등단을 했지요. 희곡을 쓰기 위해 연출을 했는데, 헤아려보면 내가 쓴 희곡보다 연출을 한 작품이 더 많네요. 연출만 44편을 했는데 내가 쓴 희곡작품은 그렇게 안 될 것 같습니다.

양민숙 : 5년 만에 3권의 책을 내셨다는 것은 창작열이 매우 왕성하다는 결과라고 볼 수 있겠습니다. 정말 대단하십니다. 저도 첫 장편소설『붓다, 유혹하다』를 정말 재미있게 읽었는데 2년6개월 만에 장편소설『사우다드』가 세상에 나왔어요. 소설가로서 첫 작품을 쓰고 산통을 많이 앓는다 하는데 두 번째 작품을 준비하면서 첫 번째와는 또 다른 각오로 임했을 것 같습니다. 준비하면서 어려웠던 점은 없었는지 궁금합니다. 그리고『사우다드』에 대한 소개도 부탁합니다.

강용준 :『붓다, 유혹하다』를 쓰게 된 것도 스스로의 모험이었다고 할 수 있습니다. 희곡만 쓰던 사람이 소설을 쓴다라고 사람들이 생각할 텐데 의식을 안 할 수가 없었어요. 그러기에 부담이 많았지요. 나름대로 공부를 많이 했습니다. 문학자체가 공부의 연속이라 생각합니다. 죽을 때까지 자기가 보고 생각하는 세상을 그리는 것이니까요. 가톨릭 신자였음에도 불구하고 불교 이론공부부터 시작했어요.『붓다 유혹

하다』도 3년 정도 기획하고 연구한 작품입니다. 현장 답사를 하고 역사의 분위기와 사회분위기를 익히기 위해 노력했어요. 『붓다, 유혹하다』를 집필했을 때 희곡과는 달리 소설은 출판사와 처음 계약서를 써봤어요. 사실 희곡은 반응이 별로 없는데 소설은 많았지요. 재미있었습니다. 잘 읽었다는 연락을 많이 받았어요. 희곡으로는 2쇄를 찍어본 적이 없는데 소설은 2쇄를 찍게 되었지요. 그러다 보니 소설에 대한 재미를 알게 되었어요. '아, 소설 재미있네.' 란 생각에 다시 쓰게 되었어요. 『붓다, 유혹하다』가 종교적 내용을 담고 있는 소설이라면, 『사우다드』는 역사적 내용을 담고 있는 소설이지요. 그렇지만 그런 종교적, 역사적인 느낌만 나지 않게 하기 위해서 현대적인 면에서 과거를 보는 형식을 많이 취했어요.

우연히 중국을 여행하게 되었는데 그곳에서 광개토대왕릉을 보고 깜짝 놀란 적이 있어요. 광활한 대륙을 휘저었던 대왕의 능이 맞는지 너무 놀랐고, 그것에 관심을 갖고 의문을 갖게 되었지요. 나는 우선 '광개토대왕릉은 다른 곳에 있다.' 라는 가정을 하고 이 작품을 구상하기 시작하였어요. 중국의 동북공정과 일본의 역사왜곡에서 시작된 작품이라고 보시면 됩니다. 하지만 작품 안으로 더 들어간다면 역사왜곡 그 속에서 인간의 욕망과 그 본질을 쫓아가는 내용을 볼 수가 있습니다. 거기에는 정치가 등장하고 또 인간의 본질인 야욕의 뒷모습을 볼 수 있지요. 사실은 이런 이야기를 쓰고 싶었습니다. 마침, 작품을 기획할 당시에 고구려 벽화조각이 한국에 들어왔다는 기사가 떴는데 그 기사를 보며 작품을 더 구체화하기 시작했죠.

고대사 전공 기자가 중국의 실체를 파헤치면서 중국, 한국, 일본 3국의 역사문제를 다루게 되었고 살인 사건을 담당한 검사가 여기자와 함께 벽화의 조각을 찾으러 다니는 이야기로 전개됩니다. 포르투칼의 민요인 파두의 정서를 '사우다드'라고 하지요. 우리나라로 말하자면 '한' 같은 건데요, 한 나라의 역사를 그리워하고 잃어버린 대륙을 찾고 싶은 향수가 아닌가 싶네요. 그런 향수가 바로 『사우다드』의 탄생을 만들었습니다.

김가영 : 선생님께서는 문단생활 30년에 연출까지 하셨는데 제가 생각하기에는 지금이 가장 꽃이 활짝 피어 있는 시기라 생각합니다. 희곡이 반응이 없는 것에 비하면 소설은 그와 달랐다고 말씀을 하시지만, 사실 『사우다드』를 읽었을 때 '굉장히 희곡적이다'란 느낌을 받았습니다. 희곡이 무대에 올려지듯이 장면 하나하나가 머릿속으로 그려지는 게 작품이 처음부터 끝까지 펼쳐져 있는 느낌이었습니다. 희곡작가가 아니라면 이런 계산된 장면을 쓸 수 없지 않았나 생각합니다. 오히려 희곡을 쓰셨기에 이런 독특한 소설까지 가능했지 않았나 하는 생각을 해 봅니다. 다른 작가들에 비해 굉장히 여행을 많이 다니시는 걸로 알고 있습니다. 그래서 스페인에서 『사우다드』라는 제목을 떠올렸다고 하시는데, 이렇게 여행을 하면서도 지속적으로 작품을 구상하면서 여행을 다니시는지 궁금합니다.

강용준 : 저는 『붓다, 유혹하다』를 쓸 때부터 소재나 이야 깃거리를 여행을 하면서 항상 메모를 하는 편입니다. 지금도 쓰고 싶은 소재가 많습니다. 그것을 씨앗이라고 한다면, 여 행을 하면서 늘 생각하고 메모하면서 조금씩 싹을 틔우고 있 지요.

　인생은 아름다운 여행이라고 생각합니다. 책상 앞에서만 은 글이 나오지 않습니다. 집을 떠나면 집에 대한 그리움도 갖게 되고, 다른 사람들 삶의 모습을 볼 수가 있습니다. 그 래야 뭔가 새로운 자극을 받고 남들과의 대화 속에서 새로운 정보도 얻게 됩니다. 나는 집을 떠나야 모든 사슬을 끊고 나 혼자만의 시간 속에 자유로움을 느낍니다. 집에서의 자유는 방종이라고 할 수 있죠. 스스로의 자유는 책임을 지는 시간 을 말합니다.

　양민숙 : 그 말씀은 집을 떠나야 작품 구상이나 집필이 가 능하다는 말씀이신가요?

　강용준 : 저는 작업 시간을 따로 정해 놓고 있습니다. 소 설을 쓰면서는 6시에 기상해서 12시까지 6시간만 글을 씁 니다. 창작실이 아닌, 집에 있을 때는 마땅히 쓸 곳이 없어서 도서관에서 생활합니다. 그런데 쓰다보면 늘 쓸 수 있는 것 은 아니지요. 못 쓸 때는 다른 사람의 책을 읽습니다. 머리를 식히면서 다른 사람의 작품을 읽다보면 막혔던 부분이 뚫릴

때가 많습니다. 문학가에게 쉰다는 것은 없습니다. 늘 생각하고 작업하지 못하면 작가라고 할 수 없지요. 그게 작가에게 주어진 소명의식이지요.

김가영 : 소설은 문학의 꽃이라고 합니다. 그 소설 중에서도 가장 대표적인 것이 연애소설이라고 생각하는데요. 혹시 연애소설에 대한 작품을 쓴 것은 없습니까? 아니면 앞으로 연애소설을 쓰실 생각은 없으십니까?

강용준 : 『한국소설』에 기고한 작품인데 「놓친 열차는 아름답다」가 있어요. 제 이야기는 아니고, 제 주변 사람의 이야기인데요. 왜 이 작품을 쓰게 되었냐 하면 예전에 '건축학개론'이란 영화를 보면서 이런 것도 작품이 되는구나 생각을 하게 되었어요. 체험적인 내용은 소설이 아니란 생각을 갖고 있었는데 실제로 독자들은 이런 이야기를 좋아하는구나 생각을 하게 되었죠. 보통 소설은 2, 30대가 많이 읽는 편이라서 그 연령대에 향수를 느낄 수 있는 내용이면 이런 것도 작품이 될 수 있겠다는 생각이 들었어요. 단편인데, 형식을 지금까지와는 달리해서 써 보았습니다. 한 장은 남자주인공의 시점, 또 한 장은 여자주인공의 시점으로 전개가 됩니다.
한 여자가 과거 짝사랑하던 남자를 우연히 제주도 비양도에서 만나 과거를 회상하면서 다시 사랑을 맺게 된다는 이야기입니다.

김가영 : 잠깐 내용을 듣기만 하도 흥미가 생깁니다. 연애소설은 문학계의 혁명이라 생각을 합니다. 앞으로도 연애소설을 많이 써 주시기를 부탁드립니다.

강용준 : 소설은 재미가 있어야 하는데 여성과 남성이 등장해야 재미가 있습니다. 지금까지 장편 두 편을 썼지만은 그 속에도 사랑이야기는 등장합니다. 러브스토리는 우리가 살아가는 이야기라고 생각합니다. 결혼과는 상관이 없지요. 이성에 대한 관심은 우리가 살아가는 이야기예요. 이것이 빠지면 재미가 없어요. 단편을 쓰더라도 인간에 대한 문제에서 벗어날 수 없기 때문에 사랑은 늘 등장하리라 생각합니다.

김가영 : 사랑이야기가 서포트가 아닌, 전체 포커스를 맞추는 이야기로 전개되기를 기대해 보겠습니다.

양민숙 : 그러면 머지않아 단편소설집도 나오겠네요. 이번에 제주문학 여름호에도 「엘랙트라의 눈물」이라는 작품이 실렸던데 단편도 꾸준히 쓰고 계십니까?

강용준 : 꾸준히 쓰고 있고 내후년쯤 단편집을 묶을 생각입니다.

김가영 : 선생님께서는 희곡과 소설 양쪽을 다 쓰시고 계시기 때문에 여쭤보겠습니다. 흔히 주인공을 설정하고 역할

을 줄 때, 보통 주인공을 만진다고 하는데요. 어느 쪽이 더 재미가 있는지요?

강용준 : 일장일단이 있겠죠. 희곡을 쓰다가 왜 소설을 쓰냐를 생각해 본다면 아쉬움이 있기 때문이거든요. 소설에서 인물을 다루는 것은 오히려 쉬워요. 그러나 희곡은 그 사람의 대사를 통해서만 표현을 할 수가 있기 때문에 쉽지 않습니다. 소설에서는 작가가 직접 이 사람 나쁘다 이야기해 줄 수 있지만, 희곡에서는 그 사람 행동과 대사를 통해서만 표현을 할 수가 있어요. 희곡은 행동예술, 소설은 내면예술이라고 할 수 있겠지요. 인간을 그리면서 그 사람을 움직이게 하는 것, 그러면서 관객과 마주치는 것이 희곡이라면 소설은 여러 가지 면에서 그 사람을 묘사하고 설명하는 편이라 딱히 어느 쪽이 좋다, 낫다, 라고 할 수는 없습니다. 모두 상황에 따라 달라지는 것 같습니다.

양민숙 : 지금까지 제주 지역에서 굵직굵직한 여러 형태의 축제, 음악회, 무용 등 시나리오 작품도 많이 작업하셨고 기획도 하셨는데, 어쩌면 이것도 희곡의 나아갈 방향이지 싶습니다. 그렇다면 앞으로도 이런 작업을 하실 것인지, 아니면 작품 활동만 하실 것인지 알고 싶습니다.

강용준 : 저는 작품만 쓰고 싶습니다. 젊은 시절에는 연출이나 기획 같은 쪽에 욕심이나 환상이 있어 직접 하기도 했

었는데 이제는 작품만 쓰려고 해요. 시간의 여유가 없어요. 스스로 하루를 계획하면서 시간을 쪼개어 쓰고 있기 때문에 다른 것을 할 수 있는 시간이 없지요. 단지 여유가 있다면 여행을 다니면서 사진을 찍는 정도는 하고 싶습니다.

문학하는 사람은 자신의 소명의식이 없으면 혼자 만족하는 '나 홀로 문학가'라는 생각을 해 봅니다. 문학가는 문학이라는 창을 통해 세상을 봐야 합니다. 자기만의 창은 자기만의 세계일 수밖에 없겠죠. 그 창을 통해 세상과 이야기를 하고 소통을 해야 합니다. 그렇다고 문학을 하는 누구나 창이 저절로 생기는 것은 아니겠지요. 그 창은 자신의 경험과 노하우와 경력이 더해질수록 깊이가 더 밝아지거나 넓어지거나 할 것입니다.

문학의 정의는 개인마다 다르겠지만, 최소한 문학인이라면 소명의식만큼은 갖고 있어야 하겠습니다. 제대로 자신의 창을 가꾸고 다져야 독자들로부터 인정받을 수 있습니다.

양민숙 : 좋은 말씀이신데요. 제주에 희곡작가가 너무도 부족하다는 생각을 해 봅니다. 그러다 보니 연극을 하시는 분들이 직접 희곡작업도 하고 있는 걸로 알고 있습니다. 전문희곡작가로서 앞으로 제주의 희곡에 대한 걱정이나 제자 양성을 하고 싶다는 생각은 안 해 보셨는지 궁금합니다.

강용준 : 희곡은 3대 문학의 하나입니다. 그런데 요즘 사람들이 너무 쉽게 생각하고 접근하고 있어요. 대충 써서 무

대에 올리고 있지요. 희곡은 문학입니다. 즉, 시간적으로도 영원성이 있어야 한다는 것입니다. 희곡작가는 무대를 알아야 되는데 무대를 알지 못하는 사람이 작품을 쓰게 되면 동떨어진 작품이 되겠지요. 실제로 그런 느낌을 많이 받습니다. 이 시대에서는 통하는데 다음세대에서 통하지 않는다면 그것은 문학성이 떨어진다고 할 수 있습니다. 관객과 소통하기 위해서 쓰는 것이 아니라 흥미와 재미 위주로 쓰고 있는 것이지요.

희곡은 시, 소설에 비해 3D직종입니다. 시와 소설은 활자로 나오면 바로 생명을 얻지만, 희곡은 활자화 되었다고 해서 생명을 얻는 것은 아니니까요. 그러니 누가 희곡을 하려고 하겠어요. 쉽게 도전하려 하지 않는 것이 현실입니다. 희곡을 제대로 전공하고 공부하는 사람이 많이 부족합니다. 정말 안타깝습니다.

김가영 : 오늘 선생님을 통해서 희곡과 소설의 차이점도 알게 되었고, 선생님께서 문학이라는 창을 통해 세상을 바라보는 부분에서도 많이 배우게 되었는데요. 마지막으로『제주문학』발전을 위해 한 말씀 부탁드립니다.

강용준 : 요즘은 문인들이 많지요. 많다는 것은 기회일 수도 있습니다. 누구는 위기를 이야기하지만 나는 이 위기가 기회란 생각을 해 봅니다. 과거에 비해 수많은 문인들이 등단하고 1년에 수백 명의 문인이 배출되는데 이 과정이 위기

가 될 수도 있고, 기회로 가는 길일 수도 있습니다. 답은 '책을 읽는다.'에 있습니다. 이 문인들만 책을 읽어도 책이 안 팔리지 않거든요. 문제는 등단하기까지 그렇게 읽다가도 등단만 하면 책을 안 읽는 것입니다. 남의 작품을 읽지 않는다면 자신의 수준을 높일 수가 없지요. 자기 검열이 필요합니다. 내 작품이 어떻게 비춰지는지 어느 수준인지, 다른 사람의 작품을 통해 자기 검열을 할 수가 있습니다. 틀에 박혀 쓴다면 발전할 수가 없겠지요. 문학의 위기는 문인들이 책을 읽지 않으면서 수준이 떨어지고 있는데 있습니다. 그러면 자연스럽게 독자들도 외면하게 되겠지요. 악순환이 이어지는 것입니다.

문인협회 회장을 지낸 사람으로서 저는 요즘 제주문단에 대해 굉장히 회의적이란 생각을 해 봅니다. 과거 사람들이 적었을 때는 치열하게 공부를 하였습니다. 문인들의 지속적인 재교육이 필요하다고 생각합니다. 문인들을 위한 '아카데미'도 진행하고 그 속에서 자신의 역량을 키워 나가야 하겠지요. 특히 동인 활동은 필요합니다. 동인 활동을 독려하고 격려하는 장치가 필요하다고 봅니다. 이러한 여과장치들이 없으면 발전하기 어렵겠지요. 앞으로 문협에서도 '동인문학축제'나 '아카데미' 같은 행사를 개설하여 회원들의 목마름을 채워주셨으면 좋겠습니다.

김가영 : 좋은 말씀 감사드립니다. 제주문인협회에서도 많은 노력 기울이겠습니다. 앞으로도 선생님의 작품발전에 기

대를 하고 눈 여겨 보도록 하겠습니다. 오늘 더운 날씨에 고생 많으셨습니다. 감사합니다.

문학은 혼자 걸어가는 외로운 길이다.
하지만 강용준 작가가 당부한 내용처럼 서로가 서로의 작품을 읽고 격려하고 그 속에서 내 작품을 검열할 줄 안다면, 결코 혼자 걸어가는 길은 아닐 것이다. 제주문학은 그리하여 계절을 넘으며 달릴 것이다. 쉼표 같은 서로의 작품을 마음에 새기면서.

기록 · 정리 : 양민숙(시인)

*『제주문학』 72호(2017년 가을호)에서 옮김